MEMOIRE

A

CONSULTER,

Sur la Question de l'Excommunication ;
que l'on prétend encourue par le seul
fait d'*Acteurs de la Comédie
Françoise.*

A PARIS,

MDCCLXI.

LETTRE

DE MADEMOISELLE CLAI ** ,

A Me HUER** DE LAMOT**,

AVOCAT AU PARLEMENT,

En lui envoyant les *Mémoires suivans.*

De Paris ce 5 Septembre, 1760.

MONSIEUR,

La confiance que j'ai en vos lumières & la juste douleur que me cause l'Excommunication, & parconséquent, l'Infamie qu'on attache à mon état, me fait vous prier de jetter les yeux sur les Mémoires ci-joints.

Née Citoyenne, élevée dans la Religion Chrétienne Catholique que suivoient mes Pères, je respecte ses Ministres, je suis soumise aux décisions de l'Eglise.

D'après cette profession de foi, & ce
que j'ai pû rassembler de preuves, de
titres pour & contre ma profession, voyez
sans me flatter ce que je dois espérer, ou
craindre. Quelque chose que vous déci-
diez, je vous aurai la plus grande obli-
gation de fixer mon incertitude; elle est
affreuse pour une ame pénétrée de ses devoirs,

Je suis avec une parfaite considération,

MONSIEUR,

Votre très-humble
& très obéissante
servante Cl***

MEMOIRE

MEMOIRE

A CONSULTER.

LES Acteurs & Actrices de la Comédie Françoise gémiffent depuis long-temps fous le joug de l'Excommunication ; font-ils dans le cas de fouffrir cette peine ? ou peuvent-ils efpérer de la voir ceffer ; c'eft l'objet de la Loi qu'ils invoquent à cet égard.

Les Acteurs & Actrices de la Comédie Françoife font tous profeffion de la Religion Chrétienne-Catholique, ils font nés de parens Citoyens, & font eux-mêmes Citoyens par le droit de leur naiffance.

L'origine de la Comédie Françoife eft de nos jours, elle s'eft établie vers le milieu du feiziéme fiécle; autrefois *Confrairie*, l'Eglife l'avoit reçu dans fon fein ; bien

b

tôt autorisée par Lettres-Patentes, & fixée ensuite à l'endroit qu'elle occupe actuellement, elle fut
réunie en corps de Société revêtue
de Lettres-Patentes enregistrées
au Parlement; ces Lettres-Patentes & les Arrêts qui les confirment, les confirment eux-mêmes
dans tous leurs droits de Citoyen,
même de Noblesse. Le Conseil con-
sulté les a sous les yeux, il est inutile de lui en faire ici l'énumération.

Cette Société admise en corps,
a pour Auteurs de ses Pièces de
Théâtre *les plus grands hommes en
ce genre que la France ait produit:*
ces Auteurs sont membres de cette
illustre Académie, qui fait la gloire
& l'ornement de la Nation, & qui
en tout temps a donné à cette Société des témoignages de son estime & de sa considération; ces monumens sont encore sous les yeux
du Conseil: comment donc cette

Société peut-elle être envisagée comme exposée à la peine de l'infamie & à celle de l'Excommunication ?

Cette peine d'infamie paroît dans l'esprit de la Nation, être née sous deux points de vue différents sous lesquels on envisage cette Société ; ou à raison de l'état d'Acteurs de la Comédie Françoise que l'on confond avec les Farceurs & Histrions : on prie le Conseil de faire cesser ce préjugé en éclairant les esprits à cet égard ; ou à raison des mœurs licentieuses de quelques-uns des membres de cette Société, s'il y en a quelqu'un dans ce cas : à cet égard, que l'Excommunication cesse, & bien-tôt la discipline qui s'introduira sera susceptible de l'estime des plus honêtes gens de la Société générale de la Nation ; car, si d'un côté on refuse aux membres de la Comédie Françoise le Sacrement de Mariage ;

ſi d'un autre, la Nation ne fait pas
plus de cas de la bonne conduite,
que de la mauvaiſe ; quel objet peuvent avoir ceux qui quitteroient
une conduite licentieuſe qu'ils mènent ſouvent dans l'amertume de
leur cœur ? La Religion ſacrée
qu'ils adorent ne peut leur être
d'aucune utilité , & nonobſtant la
pureté de ſes mœurs & l'exercice de
ſes préceptes, ils feroient néanmoins
privés pour toujours des ſecours de
cette Religion , & eux-mêmes toujours l'objet du mépris de la Nation.

Si au contraire la peine de l'Excommunication ceſſe , l'infamie
tombe ſur le champ ; & cette Société rétablie dans les Myſtères de
la Religion, fera fleurir le bon exemple & la bonne conduite.

Si ces Excommunications euſ-
ſent toujours eu lieu depuis l'établiſſement de la Comédie , peut-
être que la Société eût cru l'Egliſe autoriſée à les continuer ; mais

plufieurs de cette Société ayant e-
xaminé les differens gouvernemens
de l'Eglife de Paris en particulier ;
cette Société a vû ces Excom-
nications, tirer leur origine du
Pontificat de M. le Cardinal de
Noailles.

C'eft fous ce Cardinal que l'on a
commencé à refufer le Sacrement
de Mariage, & qu'il a fallu des ordres de la Cour pour forcer les Miniftres de l'Eglife à faire ceffer un
refus fi fcandaleux.

C'eft fous ce Cardinal que la Société a été contrainte de faire un
abonnement avec l'Eglife, en ac-
cordant aux pauvres le quart de ce
qui fe retire aux entrées de la Comédie, dont le profit eft annexé
aux dépenfes & aux décorations
théâtrales.

C'eft depuis lui & depuis fon
gouvernement, que l'on a vu le refus de la fépulture eccléfiaftique de
cette célebre Actrice ; qui a porté

le scandale dans le cœur du Citoyen ; enfin, c'est depuis ce Cardinal que l'on a épié les occasions de lui nuire par les peines de l'Excommunication les plus outrageantes & les plus senfibles. Raprochons les circonftances de l'origine de ces peines.

Indépendemment des fentimens de M. le Cardinal de Noailles contre la Comédie Françoife, la Proceffion du Saint Sacrement de la Paroiffe Saint Sulpice paffoit encore par la rue des Foffés S. Germain : cette Proceffion fait ici l'époque de l'éclat qui fubfifte contre la Comédie Françoife ; il eft bon d'en faire le récit.

Jufques dans les premières années du fiécle préfent, la Proceffion du Saint Sacrement paffoit devant la porte de l'Hôtel de la Comédie ; là, étoit un Repofoir aux frais de la Société, & fur l'Autel étoit un préfent en argenterie de

valeur d'environ 3000 livres consa-
cré à l'Eglise de S. Sulpice.

Survinrent quelques années, dans
lesquelles il arriva des circonstances fâcheuses qui mirent la Société
hors d'état de faire des frais si con-
sidérables ; un Repofoir simple &
uni fut subfitué à la magnificence
de celui des années précédentes ;
& le préfent ceffa. Deux années con-
féctitives, firent éprouver à l'Eglife de Saint Sulpice le même fort ;
& bien-tôt après, la Proceffion
changea de route, & la Comédie
fut accablée des peines de l'Excommunication, qui devinrent
d'autant plus hardies, que les Miniftres ne gardoient plus de mefu-
res.

Refus du Sacrement de Mariage ; refus du Sacrement de Baptême aux enfans, préfentés fous le
nom qualificatif de leurs père &
mère ; refus des membres de la Société pour Parreins & Marreines :

refus des Sacremens à la mort ; refus enfin de la fépulture eccléfiaftique.

Sans ceffe tourmentée dans fon
état & dans fa confcience, beaucoup d'entre fes membres auroient
foufcrit aux promeffes faites & dépo-
fées par écrit entre les mains de leurs
Confeffeurs, fi au retour d'une ma-
ladie imminente, ils euffent trouvé dans les bienfaits de l'Eglife les
moyens de s'entretenir eux & leur
famille ; moyens qu'ils venoient d'a-
bandonner.

Tout le monde fçait qu'il y a
une penfion pour chaque membre
de la Société ; mais peu de perfonnes font inftruites que l'on ne jouit
de cette penfion qu'après vingt ans
d'exercice ; de façon qu'il faut, en
renonçant avant ce terme à la Comédie, ou fe réfoudre à périr de
mifère foi-même, fa femme & fes
enfans, ou que l'Eglife fubftitue
d'autres moyens ; mais pour qu'il

quitte ainſi, il faut l'agrément du Roi, qui ſouvent ne s'accorde pas ſi aiſément qu'on le penſe; il faut donc de tous côtés ſe réſoudre à ſe voir accablé des peines dont on vient de faire l'énumération. Que l'Egliſe, que l'Etat, que la Loi, que la Nation, veuillent donc bien leur choiſir un milieu, & les ſouſtraire, ou à la miſère, ou à l'anathême.

Quel contraſte cependant dans cette diſcipline de l'Egliſe! s'agit-il de recevoir les aumônes des Acteurs & Actrices de la Comédie Françoiſe? l'Egliſe les inſcrit au rang de ſes membres, & ſes Miniſtres viennent les recevoir dans leurs Maiſons, & de leurs propres mains? s'agit-il des réparations & des décorations de ſon Temple? l'Egliſe nous met au rang de ſes bienfaicteurs? s'agit-il de donner des aumônes à ſes Prédicateurs, l'Egliſe nous met au rang de ſes Fidéles: s'agit-il des rétributions de Meſſes?

c

l'Eglise nous écoute & reçoit de nous ses honoraires : s'agit-il enfin de donations, de legs,&c.l'Eglise reçoit ces œuvres pies, mais nous exclue de ses bienfaits.

Quand le tour du Pain-béni arrive dans nos Maisons, les Ministres de l'Eglise nous apportent le Pain-béni pour nous avertir que le Dimanche suivant nous soïons prêts à faire notre offrande; mais cette offrande, qui doit être faite en personne, est refusée dans les nôtres; & pour y suppléer, on nous contraint ou de la faire porter par d'autres, ou de donner à l'Eglise le montant du prix de l'offrande.

Ces inuniformités jointes à des contradictoires si sensibles, ont fait penser à quelqu'uns de la Société, qu'il falloit s'éclaircir du fonds des choses, & se mettre dans le cas de faire décider de son sort, pour, sur cette décision, prendre le parti le plus sage & le plus convenable.

Enfin , cette Société de la Comédie Françoiſe eſt-elle excommu-
niée ? & ne lui eſt - il pas libre de
ſecouer ce joug de l'Excommunication ſi inſupportable aux yeux de
ſa foi & de ſa probité c'eſt ſur
quoi le Conſeil eſt prié de donner
ſon avis dans toutes les circonſtances les plus développées.

REPONSE

DE

Mᵉ Huer ** de Lamot **,

Avocat au Parlement,

A Mademoiselle CLAI **,

*En lui renvoyant les Mémoires
& sa Consultation.*

Mademoiselle,

Vous me faites bien de l'honneur de vous adresser à moi pour vous décider sur une question aussi délicate que celle que vous me proposez.

„ La peine de l'Excommunication dont » votre état dans l'ordre civil est surchar- » gé, me dites-vous, excite dans vous des » mouvemens bien tristes & bien sensi- » bles. Le joug de l'autorité avec laquelle

» les Miniſtres des Autels en obſervent
» les maximes vous abbat & vous con-
» ſterne. Sans ceſſe perſécutée dans votre
» état de Citoyen Fidéle , on vous prive
» de ſes droits les plus ſacrés ; élevée &
» nourrie au ſein d'une Religion que vous
» adorez du plus intime de votre cœur ,
» on vous enleve aux prérogatives dont le
» plus infâme a droit de jouir. Le Sacre-
» ment de mariage eſt refuſé aux unions
» que vous déſirez contracter ; les enfans
» de votre Société déclarés ſous leurs noms
» ſont rejettés du Sacrement de la régé-
» nération ; & votre main qui les offre à
» l'Egliſe, eſt une main profâne qui lui rend
» odieux le préſent qu'elle lui fait. Votre
» encens deshonore le Sanctuaire , & la
» Divinité entre les mains des Prêtres s'é-
» carte d'un endroit que la libéralité de
» nos Rois très-Chrétiens entretient à ſes
» dépens.

» Envain, m'ajoutez-vous , recourons-
» nous aux explications ? envain nous
» montrons-nous aux Miniſtres du Très-
» haut ? ſans ceſſe menacés du courroux
» des Puiſſances , du bras vengeur de
» leurs Miniſtres , il ne nous reſte plus la
» triſte conſolation de nous plaindre. La
» Loi de la Nation concourroit - elle à

» nous opprimer ; ou bien dans l'ordre de
» fon autorité n'a-t-elle aucun moyen de
» nous tirer d'une fervitude auffi cruelle ?
» Enfin fommes-nous libres, ou fommes-
» nous efclaves ? tel eft, ce me femble,
» l'ordre des faits contenus dans votre
» Lettre & dans votre premier Mémoire.

Je l'avouerai, Mademoifelle, je ne
peux qu'applaudir à cette nobleffe de fentimens qui vous porte à rompre des fers
que les feuls préjugés ont pris foin de for-
ger ; l'Eglife elle-même ne peut que com-
bler d'éloges le courage mâle & vraiment
& héroïquement Chrétien qui vous anime
à reclamer des droits qui vous font acquis, & dont la Loi & les maximes de
l'Eglife vous font conftamment garentes.

C'eft auffi pour répondre & à des fentimens fi purs & fi peu communs, & à cette
confiance dont il vous plaît de m'honorer,
que j'ai pris une lecture affidue & réfle-
chie des Mémoires que vous m'avez en-
voyé.

Le fecond de ces Mémoires & le plus
étendu renferme deux objets, dont l'un
eft le langage de la Loi, l'autre le langage
de l'ordre politique. Ce n'eft point à
nous à décider de la volonté & de la
fageffe du Souverain qui conftituent l'ordre

politique. Auffi à cet égard, c'eft à la puiffance du Souverain que nous vous ren-
voyons ; mais nous pouvons vous affurer
& nous ne doutons pas un inftant que le
Souverain n'ennobliffe une Société dont
lui - même eft le protecteur décidé ; &
que fondé fur les principes de l'Art académique que l'Auteur de ce Mémoire a développé, vous ne parveniez à établir votre
Société en titre d'Académie. Ce titre même doit d'autant plus devenir l'objet de
votre zéle, que dès l'inftant que vous l'ac-
querez, vous enfeveliffez pour toujours
cette ignominie que l'ignorance & une fu-
perftitieufe prévention ont élevé contre
votre état.

Il ne me refte donc plus qu'à vous dire
mon fentiment dans l'ordre de la Loi,
auffi trouverez - vous dans la Confultation
ci jointe, combien cette Loi vous protége,
& avec quelle force & d'autorité elle s'é-
leve contre les excès dont vous vous plai-
gnez fi juftement. Bien plus, vous trouverez (peut-être contre votre attente) que
l'Eglife elle-même, bien loin d'autorifer
fes Miniftres à ufer d'une autorité arbitraire, s'éleve au contraire contre la févérité de ces zéles amers que fa charité ne
connut jamais.

Si jufqu'à préfent vous avez parlé inutile-
ment aux Miniftres de l'Eglife, parlez à la
Loi, parlez à fes Miniftres, ils ne peuvent
que vous répondre favorablement ; parce
que la Loi & fes Miniftres font garents des
droits que vous reclamez.

Quant à moi, qui ne fuis que l'organe
de la Loi, ce ne font point ici mes propres idées qui prennent votre défenfe,
c'eft le langage des Loix que j'emprunte ;
c'eft le propre être conftitutif du Citoyen
Fidéle de la Monarchie Françoife que je
foutiens contre toute autorité étrangère,
& au zéle qui m'anime pour en maintenir
les droits en votre perfonne, permettez-
moi de joindre le refpectueux dévouement
avec lequel je fuis,

MADEMOISELLE,

Votre très-humble
& très-obéiffant
ferviteur,
HUER ** DE LAMOT **,
Avocat au Parlement.
A Paris, ce 1. *Féyrier* 1761.

DIVISIONS

DU MÉMOIRE,

En forme de Differtation, qui fuit.

POUR l'intelligence de ce Mémoire en forme de Differtation qui fuit,
il paroît néceffaire de prendre le point
de vue de l'Auteur, qui a eu deffein
d'être utile à toute la Nation, en em-
braffant le fujet de la Comédie Françoife dans l'ordre de l'Excommunication; c'eft pourquoi il commence par
donner l'explication de la nature de
l'Excommunication en général; de
la liaifon des droits de Citoyen à
ceux de Fidéle, & enfin de la liaifon
des Loix relatives à ces deux fortes de
droits. Une telle Differtation ne pou-

voit être courte, tendante à l'inftru-
ction de tous ; cependant il paroît
que l'Auteur s'eft géné lui - même
pour obvier à une trop grande lon-
gueur. Les gens inftruits feront charmés de retrouver leurs principes,
les autres feront charmés de s'inftruire.

Après avoir développé la nature de
l'Excommunication dans cet ordre
général du Citoyen ; il entre dans la
nature des Spectacles des Romains,
& des Loix qui fixoient l'ordre de leur
état civil ; & conclut que l'Excommunication ne pouvoit être une peine
à infliger contre ces Acteurs, à raifon de la Loi d'infamie prononcée contre eux; que conféquemment, une telle
peine ne peut avoir lieu contre la Comédie Françoife, à raifon qu'il n'y a

aucune *Loi qui la greve de cette peine.*
C'est encore cette explication de la Loi
d'infamie que notre Auteur a été obli-
gé d'éclaircir, avant de se déclarer sur
la Comédie Françoise.

Pour tirer de ces principes de ju-
stes conséquences relatives à la Co-
médie Françoise, l'Auteur de ce Mé-
moire examine la nature de la Comé-
die Françoise à dessein de faire cesser
de prime abord les préjugés d'infa-
mie & de similitude entre les Acteurs
des Spectacles des Romains, & ceux
de la Comédie Françoise.

D'après cette explication inté-
ressante, l'Auteur examine la Co-
médie Françoise dans l'ordre qu'elle
tient dans la Société politique de
la France, & dans l'ordre de la dis-
cipline de l'Eglise ; auquel dernier

ordre, l'Auteur rappelle les grands principes dont il a donné connoiſſance dans l'ordre de ſon plan général.

Si l'Auteur de ce Mémoire, eût penſé qu'un jour cet Ouvrage eût été imprimé, il nous auroit ſûrement prévenu de ces diſtinctions de diviſions que nous donnons ici, d'après l'eſprit qui lui a dicté le plan de ſa Diſſertation.

MEMOIRE

EN FORME DE DISSERTATION,

SUR LA QUESTION

DE L'EXCOMMUNICATION;

QUE L'ON PRÉTEND ENCOURUE PAR LE SEUL FAIT

D'ACTEURS DE LA COMÉDIE

FRANÇOISE.

AVANT de se décider sur la Question de l'Excommunication prétendue encourue par le seul fait de l'état de Comédiens de la Comédie Françoise, entretenue à Paris aux dépens du Roi, & érigée en Corps de Société par Lettres Patentes enrégistrées au Parlement ; il est nécessaire d'avoir, & des connoissances exactes de la nature, des

A

effets & des bornes de l'Excommunication en général, ou dans l'ordre public & extérieur, que les Théologiens appellent *Excommunication majeure*, & des notions fidéles de la liaison que cette Excommunication doit avoir avec l'ordre des Loix politiques d'un Etat & des Constitutions qui forment la liberté du Sujet, depuis, sur-tout, que les droits extérieurs de *fidéle* font joints à ceux de *Citoyen* par la Loi de l'Etat.

Cette Question délicate à traiter, est devenue de nos jours très-épineuse dans l'ordre de ces circonstances d'*usage* dans lesquelles on enveloppe les droits sacrés du Fidéle-Citoyen.; c'est pourquoi il est intéressant de faire précéder la connoissance exacte de cette Question des véritables principes du pouvoir de l'Excommunication; principes sûrs & dégagés de toute prévention. Commençons donc par nous faifir de ceux qui peuvent nous dévélopper la nature, les effets & les bornes de l'Excommunication majeure, que nous appellons *Excommunication* dans l'ordre public & extérieur.

PRINCIPES GÉNÉRAUX
SUR LA NATURE
& les effets de l'Excommunication dans l'ordre public & extérieur du Fidéle-Citoyen.

RESPECTONS sincérement, dans l'ordre du pouvoir de l'Eglise, ce pouvoir sacré & indépendant, d'impofer au Fidéle coupable des pénitences proportionnées à fes fautes, foit dans l'ordre intérieur & privé de la pénitence, foit dans l'ordre public & extérieur de fes décifions Canoniques & acceptées de la Nation ; *afin que l'ame du Prévaricateur foit fauvée au jour de Notre-Seigneur Jéfus-Chrift* (a).

C'eft dans l'immenfité de la charité dont brûle fans ceffe l'Eglise, cette tendre mère, que nous puifons la Nature de ces pénitences exté-

―――――――――――――――

(a) Première Epître de S. Paul aux Corinthiens, *chap.* 5. *v.* 5.

rieures que nous appellons *Excom-munication* ; c'eſt auſſi dans l'ordre de cette charité que nous devons reſpecter les effets de cette Ex-communication qu'elle propoſe à ſes Enfans comme une table après le naufrage. *Omnia in caritate fiant*, diſent les Pères de cette Epouſe ſa-crée de Jéſus-Chriſt qui nous en-fante tous ſans diſtinction de naiſ-ſance, d'état & de condition, & non par la voie d'autorité, *non do-minantes*. Mais c'eſt dans l'eſprit des Loix qu'il faut puiſer, pour développer la Nature, les effets & les bornes de ces mêmes Ex-communications dans l'ordre pu-blic & extérieur du *Fidéle-Ci-toyen*.

Je déclare ne point entendre parler ici, ni même confondre cette eſpèce d'Excommunication inté-rieure & privée que le coupable ſupporte par le concours de ſa vo-lonté au tribunal de la pénitence.

Ce pouvoir de l'Eglife eft indépendant & dans fa nature & dans fes
effets de toute Puiffance temporelle , mais feulement dépendant
de l'ordre de la charité de l'Eglife
& de la fainte févérité du Code
Evangélique.

Je déclare encore ne point entendre parler ici , ni même confondre cette autre efpèce d'Excommunication qui étoit une fuite
de ces pénitences publiques dans
l'ordre de cette févérité de l'E-
glife primitive ; pénitence qui réin-
tégroit le coupable dans le fein de
la Vérité quand il étoit jaloux d'en
fupporter la rigueur , ou qui le faifoit éviter comme un *Payen* & un
Publicain , quand il portoit l'empreinte de l'opiniâtreté.

Ces deux fortes d'Excommunication qui n'avoient & n'ont jamais de rapport qu'à l'état de *Fi-*
déle , ne compromettoient point
les droits du *Citoyen.* Dans ces

heureux temps , où la charité de l'Eglife étoit l'ame de ces deux efpéces d'Excommunication, à peine connoiffoit-on , ou plutôt on ne connoiffoit que rarement la nature de celle dont nous avons à traiter. L'Eglife , attentive à édifier , portoit le coupable dans fon fein ; elle foupiroit pour fa converfion ; fa charité étouffoit , autant qu'il étoit en elle , le fcandale de fes crimes ; toujours occupée à adoucir la Loi vengereffe du Souverain , elle ne s'applaudiffoit que des graces qu'elle en obtenoit ; enfin , bien-loin d'épier les occafions de nuire , elle ne fe rendoit qu'au fcandale public & avéré de tous.

Mais , depuis que l'Eglife a cru devoir commuer l'ordre des pénitences publiques en un ordre de pénitences fecrétes & privées , il auroit femblé que fon intention eût été de nous enlever l'ordre de ces rigoureufes Excommunications.

Cependant, il y a des cas, dit-elle ; où fa févérité doit éclater, fur-tout quand le coupable public mépri-fant fes avis & fes juftes remon-trances , porte l'infection de fes erreurs ou de fes fcandales au fein de fes chers Enfans; afin que con-nus de tous , tous foient attentifs à l'éviter.

Dans l'ordre d'une telle Excom-munication , qui eft celle dont je parle & dont les Miniftres de l'E-glife prétendent avoir un pouvoir indépendant ; ce genre rigoureux de peines porte-t-il l'empreinte d'une autorité ? ce genre d'auto-rité peut-il être arbitraire ? & les objets fur lefquels il peut avoir lieu dépendent-ils tellement du pou-voir confié à ces Miniftres, que l'exercice qu'ils en font foit indé-pendant des Puiffances de la terre & des Loix de la Nation établies par Dieu même, pour gouverner l'ordre de cette fociété extérieure des hommes dans celui de leurs Conſtitutions & de leurs mœurs politiques ?

Si ce genre d'Excommunication ne touche point à la fidélité du Sujet envers ſon Souverain , ni aux droits de protection que le Souverain doit au Sujet ; ſi ce genre d'Excommunication n'enleve point au Citoyen ſon honneur , ſa réputation ; ſi indépendemment de ce genre d'Excommunication , le Citoyen jouit de ſes droits , de ſes places , de ſes prééminences & de ſes prérogatives ; ſi enfin ce joug dur & accablant ne tombe que ſur le *Fidéle* & non ſur le *Citoyen ;* avouons-le , les Puiſſances de la terre , le Citoyen même , n'ont aucun intérêt à s'oppoſer au pouvoir de l'Egliſe ; l'Excommunication ſe tient dans l'ordre de ſa nature ; elle n'eſt plus qu'une pénitence que la charité de l'Egliſe impoſe au Fidéle coupable,& non une peine de la

Loi qui commande avec autorité, fans s'embarraffer du répentir du Sujet qu'elle punit ; en un mot un tel genre d'Excommunication punit le *Fidéle* prévaricateur , fans troubler fes droits de *Citoyen*.

Mais fi ce genre d'Excommunication a tellement changé fa nature primitive de pénitence , qu'il commande au *Citoyen* avec empire ! Mais, fi ce genre d'Excommunication enleve le Sujet au Souverain , le Souverain à fa Puiffance & à fes Sujets ! Mais, fi ce genre d'Excommunication enleve le *Citoyen* à fes droits , à fon honneur, à fa réputation , à fes places , à fes prééminences , à fes prérogatives ! Enfin, fi ce genre d'Excommunication rend le *Citoyen* infâme aux yeux des Loix , de la Patrie & de fes Concitoyens ; peut-on douter, que le pouvoir des Miniftres de l'Eglife n'ait l'autorité fur toutes les Puiffances de la terre,

& que le *Citoyen* & le *Fidéle* ne soient esclaves de cette Eglise, dont ils sont seulement les enfans.

Dans l'ordre d'un Etat, dont la Religion dominante, comme dans notre France, est la Religion Chrétienne Catholique, nul ne peut jouir des droits de Citoyen que le Sujet qui professe cette Religion ; & ces droits sont fondés sur les Loix du Royaume : Si ce genre d'Excommunication est indépendant, dans son exercice, des Puissances & des Loix du *Citoyen* ; la puissance du Souverain à protéger le Sujet, l'autorité des Loix propres à lui en conserver les prérogatives, font une puissance & une autorité chimériques ; dès-lors, il faudra opter, ou abandonner le *Fidéle* à l'Eglise, ou conserver le *Citoyen* à la Nation, malgré l'Eglise.

Pour concevoir davantage la nécessité de cette option, éclairons nos idées sur cette liaison intime que nos Souverains & nos Loix ont mis entre le *Fidéle* & le *Citoyen*. Liaifon qui ne peut avoir lieu , fi nos Souverains & nos Loix reconnoiffent une autorité indépendante d'eux, qui puiffe , contre leur gré , anéantir les droits du *Citoyen* en privant le *Fidéle* des fiens, feulement propres à la Religion qu'il a embraffée.

LIAISON INTIME
du Fidéle & du Citoyen.

ON PEUT , fans difficulté , être Citoyen , fans être Chrétien Catholique ; de même , qu'on peut être Chrétien Catholique, fans être Citoyen. Ces deux qualités intrinfeques n'ont rien de commun , d'analogue & de rélatif. Les Loix & les Conftitutions qui dirigent l'un & l'autre ne doivent avoir rien de commun , d'analogue & de rélatif; deforte que les Puiffances qui regnent fur ces deux fubftances incorporelles de l'homme, ne doivent avoir rien de commun, d'analogue ni de rélatif. Conféquemment, que l'Eglife excommunie le *Fidéle* ou le Chrétien Catholique, ce Fidéle n'a rien à craindre pour fes droits de *Citoyen* ; de même que le Prince puniffe le *Citoyen* , l'Eglife n'en conferve pas moins le *Fidéle*. Mais , dans notre France on a uni ces deux fubftances ; de forte que les Miniftres de l'Eglife fe font imaginés avoir droit fur le *Citoyen*, parce que l'Eglife a un pouvoir fur le *Fidéle*. Auffi ces Miniftres fe trompent-ils en ce fait ; & c'eft cette erreur qu'il faut développer en rendant compte de cette liaifon du *Fidéle* & du *Citoyen*.

Dans notre France, comme dans plufieurs autres Etats que l'Europe renferme, la marque extérieure de la publicité, de la profeffion, de la Religion Chrétienne Catholique, dont doit être caractérisé tout homme qui aspire aux droits du Citoyen, est de reconnoître le culte de ses Autels, la participation publique à ses Mystères, l'union du Mariage, suivant les Loix du Royaume, suivie du Sacrement; la demande des Sacremens publics pendant la vie, le Baptême en naissant; la Sépulture Ecclésiastique après la mort. Tout cet ensemble ouvre la porte aux droits du *Citoyen*, desorte que cette publicité extérieure qui forme le *Fidéle*, lui ouvre l'entrée aux droits du *Citoyen*. (a)

L'Excommunication dont nous parlons renverse dans un seul instant & de la même main les droits du *Citoyen*, desorte que ce Citoyen, qui étoit respecté il y a un

_____

(a) Cette proposition ne fait point de tort à celle-ci, *que nous naissons tous Citoyens avant de naître Chrétiens*, on ne parle ici que de la jouissance des droits de *Citoyen*.

inftant, ce Sujet fidéle , ce Souverain fur fon Trône, ce Patriote,
cet homme enfin honoré de la faveur de fon Prince , & de la protection des Loix confervatives de
fes droits , n'eft plus à nos yeux
qu'un infâme déchû de fes places
& de fes prérogatives ; ce n'eft
plus qu'un efclave de la Loi qui
n'a plus d'efpérance en fes fa-
veurs, parce qu'elle eft impuiffante à le protéger.

Si ce genre d'Excommunication
a une telle étendue & une telle indépendance, la piété de nos Rois a
été conftamment furprife dans l'ordre de la liaifon du *Fidéle* & du
Citoyen ; le Trône eft renverfé ;
l'autorité eft paffée entre les mains
des Miniftres des Autels ; la Loi
eft fans vigueur & fans force ; le
ferment du Prince de protéger le
Sujet contre toute Puiffance étrangère eft un ferment illufoire , &
nous pouvons nous écrier avec

beaucoup plus de raifon que les Juifs de Theffalonique. Ces gens-là, en parlant des Apôtres, foutiennent qu'il y a un autre Roi qu'ils nomment *Jefus. Hi omnes contra decreta Cæfaris faciunt Regem alium dicentes effe Jefum* (a). Ce que Paul & Silas étoient bien éloignés de penfer, les Miniftres leurs fuccesfeurs voudroient-ils nous le perfuader?

Si ce genre d'Excommunication a une telle étendue & une telle indépendance, l'Excommunication qui n'eft en foi qu'une pénitence de charité, eft une peine de la Loi ; l'Excommunication que l'Eglife définit, un reméde, *Remedium*, eft un arrachement *Eradicatio*. La charité de l'Eglife eft transformée en autorité, & les Miniftres de Jefus-Chrift ont acquis par cette indépendance les

(a) Act. des Apôtres, *chap.* 17. *v.* 7.

droits

droits de Céfar. Sentiment révol-
tant & totalement contradictoire à l'Efprit de Jéfus-Chrift & de
fon Eglife.

Raffùrons-nous contre ces fentimens fi attentatoires à la puiffance de Jefus-Chrift, au pouvoir de
fon Eglife, & à l'autorité des Puiffances & des Loix. Les Canoni-
ftes nous ont féduits, dans ces
temps d'ignorance & d'obfcurité ;
la miffion de Jefus-Chrift, l'efprit
de fon Eglife & l'indépendance des
Souverains & des Loix de leurs
Etats, demeureront inviolables &
imprefcriptibles.

Raffùrons-nous ; le pouvoir de
l'Excommunication fera, fans contredit, un pouvoir indépendant
entre les mains de l'Eglife, non
dans l'ordre de l'autorité, mais
dans l'ordre de fa charité ; cependant l'exercice des Actes publics
de ce pouvoir fera borné par les
Puiffances & les Loix des Etats

B

dans lesquels ce pouvoir aura lieu.
Quand nos Souverains , par piété ,
ont lié le *Citoyen* au *Fidéle* , leur
intention n'a jamais été de donner
aux Miniftres de l'Eglife aucune
autorité fur les droits du *Citoyen* ,
ni de les faire dépendre de leur pouvoir fpirituel , mais de régler l'exercice public de ce même pouvoir ;
de forte que le *Citoyen* n'en pût
recevoir la plus légere atteinte. La
Déclaration de 1695 , la plus fa-
vorable aux Miniftres de l'Eglife ,
a foumis leur exercice de pouvoir à
l'autorité de la Loi , par la voie des
Appels comme d'abus.

Raffûrons - nous encore une
fois ; quoique le Citoyen foit uni
au Fidéle , le *Citoyen* ne doit foumiffion & obéiffance qu'à la Loi ,
& non à aucune autre Puiffance
étrangere : fi les Miniftres de l'E-
glife attaquent le *Fidéle* dans cet
ordre des droits de *Citoyen* , fans
le fecours de la Loi du Prince ,

dans l'ordre des Conſtitutions de ſa Nation ; ces Miniſtres ſont im-puiſſans. Ces principes ſont ſi con-ſtans, qu'il n'y a qu'un délire frap-pant qui puiſſe en autoriſer le doute.

C'eſt auſſi dans l'ordre de cette ſage prévoyance, que nos Souve-rains ont mis des bornes au pou-voir des Miniſtres de l'Egliſe pour protéger le *Citoyen* qui pourroit être bleſſé dans ſes droits ; nos Loix, à cet égard, ſont conformes aux Loix Romaines qui nous ont précédées : examinons donc dans ces Loix primitives, la regle des nôtres.

DES LOIX ROMAINES ſur l'Excommunication.

LES LOIX Romaines ont fixé le pouvoir des Miniſtres de l'Egliſe ſur l'objet du pouvoir de l'Excom-munication, dans des bornes ſi é-troites, qu'au-delà de ces bornes, le Miniſtre tonne en vain contre le *Citoyen.*

Tout eſt remarquable dans l'ordre des Loix Romaines à ce ſujet. Nous y liſons ce principe eſſentiel, qu'il ne faut jamais perdre de vûe, que le *Citoyen-Fidéle* coupable ne peut être livré à l'Excommunication, ſi le crime dont il eſt convaincu n'eſt pas ſoumis par la Loi à la peine de l'Excommunication. Nous y liſons, que, quand la Loi livre à l'Excommunication, elle livre auparavant à l'infamie ; de ſorte que le coupable, livré à l'Excommunication, n'eſt déja plus *Citoyen* quand cette peine lui eſt décernée ; que conſéquemment la peine de l'Excommunication eſt une peine de la Loi, en même-temps qu'elle en laiſſe l'exercice libre aux Miniſtres de l'Egliſe.

Deux conſéquences intéreſſantes à tirer de l'ordre de ces Loix.

La premiere, que le pouvoir des Miniſtres de l'Egliſe, au fait de l'Excommunication, ne peut avoir lieu que dans l'ordre de la Loi ; la ſeconde, que l'exercice de ce pouvoir que la Loi confie aux Miniſtres de l'Egliſe, ne peut avoir lieu contre le *Citoyen*, que la Loi déclare infâme, avant que la peine de l'Excommunication puiſſe lui être prononcée.

Il eſt encore intéreſſant d'obſerver dans l'ordre de ces Loix, que tout homme que la Loi déclare infâme, n'eſt pas pour cela ſeul, ſujet à la peine de l'Excommunication ; mais il faut que la Loi, en prononçant la peine d'infamie, joigne à ſa diſpoſition celle de l'Excommunication ; parce que tout homme ne peut être puni deux fois pour le même fait, & par deux Loix, ou deux Puiſſances différentes. C'eſt ce que nous aurons lieu de développer dans le cours de ce Mémoire.

Ces Loix , qui renferment la peine d'infamie que nous rapporterons dans un moment , contiennent deux parties diſtinctes qu'il faut ſéparément examiner.

La premiere renferme la peine d'infamie & celle de l'Excommunication. Cette Loi renferme dans ſa diſpoſition les auteurs , fauteurs & adhérens aux erreurs contre la Foi ; auſſi à cet égard les Miniſtres de l'Egliſe ont toute liberté de lancer la peine de l'Excommunication ; auſſi à cet égard cette peine de l'Excommunication ne porte point atteinte aux droits du *Citoyen*, puiſque la Loi , en les livrant à cette peine , les a déchu de leurs droits de *Citoyens*, en les couvrant préliminairement d'infamie.

La ſeconde renferme la peine d'infamie ; mais ne joignant pas à cette peine , celle de l'Excommunication , les Miniſtres de l'Egliſe

font impuiffants à cet égard ; parce que le coupable étant puni une
fois dans l'ordre de la Loi , ne
peut l'être une feconde fois pour le
même fait & dans l'ordre d'une Puiffance étrangere. Examinons à préfent l'ordre de ces Loix , & commençons par celles qui renferment
la double peine de l'infamie & de
l'Excommunication.

DES LOIX

QUI RENFERMENT

la double peine de l'Infamie & de l'Excommunication.

Nous trouvons dans l'ordre des Loix qui renferment cette double peine de l'infamie & de l'Excommunication , la Loi premiere au Code, Livre premier, dont le détail mérite l'attention la plus férieufe. Cette Loi nous vient des Empereurs Gratien , Valentinien & Théodofe ; elle eft addreffée , cette Loi, aux Habitans de la Ville de Conftantinople : *Edictum ad Populum Urbis Conftantinopolitanæ*, & elle eft de l'année 380.

Une des importantes remarques que nous préfente la difpofition de cette Loi prononcée contre les Héréfiarques , leurs fauteurs & leurs adhérens , & dont on doit faire un ufage févère dans l'ordre des

des Conftitutions Monarchiques de la France , eft que cette Loi de rigueur ne fe prononce que contre les erreurs oppofées aux vérités dont l'Eglife a décidé du vrai fens , lequel a nommément reçu le caractere de publicité (a) par la Loi du Prince dans l'ordre des Conftitutions de fes Etats ; & qu'elle n'admet & n'admettra jamais dans fa difpofition, ces erreurs arbitraires , ou ces erreurs *conglobées* qui ne dictent rien à croire , comme rien à réprouver.

Cette Loi n'admet dans fa difpofition que l'erreur déterminée contre une vérité également déterminée ; fon point de vûe particulier, eft de foumettre à l'anathême de fa rigueur ces erreurs monftrueufes contre les Myfteres de la Sainte Trinité , principaux

(a) Voyez l'*Efprit* ou *les principes du Droit canonique.* Edit, de 1760 , tom. 3. p. 26. & *fuiv.*

C

fondemens de la Religion Chrétienne Catholique.

Dans ce même point de vûe, suivons les gradations de cette Loi , & instruisons-nous solidement.

Cette Loi commence par donner le caractere de publicité aux vérités que les erreurs tentent d'anéantir , parce que le *Citoyen* ne peut être lié à ces vérités , que par la Loi du Souverain ; non, qu'il ne puisse y être lié comme Fidéle, mais ce lien , comme Citoyen , ne peut gêner sa liberté ; au lieu qu'attaché à ces vérités par la Loi du Souverain , il encourt les peines prononcées par la Loi , s'il vient à s'élever contre ces vérités revêtues du caractère de publicité. *Hanc Legem sequentes Christianorum Catholicorum nomen jubemus amplecti.*

Cette Loi de rigueur contre ceux qui s'élevent contre ces vérités revêtues du caractère de pu-

blicité , n'impofe point une autorité abfolue de croire ou de ne
pas croire , parce que le cœur de
l'homme, libre par effence , ne peut
recevoir l'impreffion de la contrainte ; mais elle défend d'élever
aucune propofition qui tende à les
détruire ; auffi cette Loi , en s'éle-
vant contre ceux qui s'arment de
propofitions contraires , que nous
appellons *héréfiarques* ou *héréti-*
ques, les déclare infâmes ou exclus
de tout droit de Citoyen, *Reliquos*
verò dementes , vefanofque judican-
tes , hæretici dogmatis infamiam fu-
ſtinere.

   Enfin ces Héréfiarques ou Hérétiques exclus des droits de Citoyen , font livrés à la peine de
l'Excommunication : *Divinâ pri-*
mùm vindiâtâ , poſt etiam animi no-
ſtri motus , quàm ex cœleſti arbitrio
fumpférimus ultione pleâtendos. La
Loi qui fuit , va développer plus
clairement les difpofitions de celle-
ci.   C ij

Cette autre Loi, qui eſt la ſeconde du même Livre, nous vient encore des mêmes Empereurs, elle eſt de l'année ſuivante 381.

Cette Loi s'annonce en déſignant les objets de la peine de l'Infamie que la premiere contient dans ſa diſpoſition ; elle défend aux Héréſiarques & Hérétiques tout lieu pour leurs Aſſemblées ; *Nullus Hereticis miniſteriorum locus , nulla ad exercendam animi obſtinationis dementiam pateat occaſio.*

Cette Loi ſe ſuit par dégré ; elle les prive ici de tous droits, facultés , privileges à eux ci-devant accordés : *Sciant omnes , etiamſi quid ſpeciali quolibet reſcripto per fraudem elicito ab hujuſmodi hominum genere impetratum ſit , non valere.*

Cette Loi s'étend enſuite ſur la peine de l'Excommunication, dont elle laiſſe l'exercice libre au pouvoir des Miniſtres de l'Egliſe ; toutefois après qu'elle a dégradé ces sortes de gens de tous droits de Citoyen : *Arceantur ,* dit-elle , *cunctorum Hæreticorum ab illicitis congregationibus turbæ* : & plus bas, *Qui verò non inserviunt , desinant affectatio dolis alienum veræ Religionis nomen assumere , & suis apertis criminibus denotentur ; atque ab omni submoti Ecclesiarum limine , penitùs arceantur , cùm omnes Hæreticos , illicitas agere inter oppida Congregationes vetamus.*

Cette Loi donne le caractère de publicité aux vérités que l'on doit croire , & expose ces mêmes vérités : *Unius &summi Dei nomen ubique celebretur.*

Cette Loi annonce l'infaillibilité de ces vérités : *Nicænæ fidei dudum ac majoribus traditæ & divinæ Religionis testimonio atque assertione firmatæ observantia semper mansura teneat.* De sorte que tout ce qui sera contraire à cette foi subira le sort de la peine de l'Infamie & de l'Excommunication que ces Loix prononcent.

Cette Loi enfin finit par mulcter de peines afflictives ces Hérésiarques ou Hérétiques, non à raison de leurs erreurs, ce qui seroit injuste, mais à raison des troubles que ces gens pourroient exciter pour se venger de la Loi & de son autorité : *At si quis eruptio factiosa tentaverit, ab ipsis etiam mœnibus Urbium exterminato furore propelli jubemus.*

Résumons à présent les dispositions de cette Loi, qui est la nôtre dans l'ordre de nos Constitutions & de l'introduction de l'Eglise dans notre France.

1°. Le pouvoir de l'Excommunication ne peut jamais s'étendre sur les droits du Citoyen sans une Loi expresse du Souverain dans l'ordre des Constitutions de ses Etats.

2°. La Loi du Souverain doit faire précéder la peine de l'Excommunication de celle de l'Infamie ; parce que pour lors la peine de l'Excommunication ne tombe plus fur le Citoyen, qui n'eſt plus tel, dès qu'il eſt préliminairement déchu de ſes droits de Citoyen par la peine qu'il ſouffre de ſa dégradation, ou de l'Infamie.

3°. Cette Loi du Souverain ne peut être arbitraire, parce que les droits du Citoyen ſont conſtans & invariablement fondés ſur l'ordre des Loix d'une Nation avec laquelle il a contracté ; de ſorte que cette Loi doit être convenue dans ſa diſpoſition avec la Nation.

4°. Cette Loi doit donner le caractère de publicité aux vérités qu'elle propoſe de croire, par la force de la Loi.

5°. Cette Loi enfin doit donner le caractère d'Infamie aux er-

C iv

teurs qu'elle annonce être contraires aux vérités qu'elle a annoncé
revêtues du caractère de publicité.

Concluons 1°. que, hors ces cas,
l'Eglife eft impuiffante contre le
Citoyen. 2°. Que jamais le Citoyen
qui jouit des droits de Citoyen ne
peut être mulâté de la peine del'Excommunication. 3°. Enfin que l'E-
glife n'a de force en ce fait, qu'autant que la Loi du Prince peut lui
en accorder dans l'ordre des Conftitutions de la Nation & des droits
du Citoyen.

Enfin concluons que, quoique
les droits du Citoyen foient unis à
ceux du Fidéle, l'Eglife n'a aucun
droit d'enlever au Citoyen les droits
de Fidéle, fans lefquels il n'eft plus
Citoyen.

De la difpofition de ces Loix
fe font élevées dans le même temps
deux autres difficultés ; la premiere
confiftoit de la part des Miniftres

de l'Eglife à élever des difputes fur les vérités revêtues du caractère de publicité, & en conféquence de fe divifer entr'eux, & divifer les efprits de la Nation par des formules de Foi qu'ils faifoient arbitrairement foufcrire par les Fidéles; de façon que le Chrétien fe divifoit du Chrétien, & les Miniftres dominoient fur la foi des Fidéles.

La feconde difficulté confiftoit en ce que les Miniftres de l'Eglife fe prétendoient le droit de faire fubir la peine de l'Excommunication portée par ces Loix à tout Citoyen qu'il leur plairoit de traiter d'Hérétique.

Comme ces difficultés fe renouvellent dans tous les temps, il eft bon, puifque nous traitons la Queftion à fond, d'en développer la folution.

A la première difficulté on oppofa la Loi 4. au Code du Livre premier, qui eft de l'année 459, qui défend toute difpute fur les vérités revêtues du caractère de publicité, comme toute autre formule que celle du Concile de Nicée.

Cette Loi n'eft pas une Loi ftérile & fans force ; cette Loi n'eft pas une Loi comminatoire & de pure politique ; elle eft, cette Loi, une Loi conftitutive & fondamentale ; elle prononce des peines févères contre les tranfgreffeurs de fa difpofition ; elle veut que contre l'Eccléfiaftique (fous ce terme elle comprend l'Evêque comme le Prêtre) la peine de la dépofition foit employée ; contre le Militaire, la peine d'être chaffé de la Milice Romaine ; contre le Citoyen, la peine d'être banni ; & contre l'efclave, la peine des verges : *Nemo Clericus* , dit littéralement cette Loi , *vel militaris , vel alterius cujuflibet conditionis , de Fide Chriftianâ publicè turbis coad-*

unatis & audientibus tractare cone-
tur in posterum , ex hoc tumultus
& perfidiæ occasionem requirens. Igi-
tur si Clericus sit qui publicè trac-
tare de Religione ausus fuerit , à
Consortio Clericorum removebitur ;
si verò Militiâ præditus sit , cingulo
spoliabitur ; ceteri verò hujus crimi-
nis rei si quidem liberi sint de hac
Sacratissima urbe expellantur pro vi-
gore judiciario , etiam competenti-
bus suppliciis subjugandi ; si verò
servi , severissimis animadversionibus
plectentur.

Qui osera donc s'élever contre la
célébre déclaration de l'année 1754,
ou sous le prétexte de nouveauté, pendant qu'elle ne fait que re-
nouveller celle dont nous venons
de parler , ou sous le prétexte que
le Souverain met la main à l'en-
cenfoir ; pendant qu'il conserve la
paix & la tranquillité de la Nation, & qu'il soutient les vérités
de l'Eglife qu'il a revêtu du caractère de publicité ?

Cette première difficulté une fois
réfolue par des Loix fi fages & fi
dignes d'être obfervées, venons à
la feconde qui mérite une auffi férieufe attention. Sera-t-il libre au
Miniftre de l'Eglife de lancer les
foudres de fon Excommunication
contre celui qu'il lui plaira de traiter d'Hérétique, & d'oppofé à la
Loi qui prononce la peine de l'Infamie & de l'Excommunication ?
Le Souverain doit-il fouffrir que
cette peine de l'Excommunication
ait fon effet contre lui avec une
telle autorité, que le frappé de
cette peine ne puiffe faire entendre fes plaintes & fa juftification ?
c'eft la folution de ces Queftions
qu'il faut examiner.

La Loi prononce en général
l'ordre qui conftitue le Coupable,
c'eft auffi à la Loi à juger du perfonnel. Le Citoyen eft lié à la Loi,
dans l'ordre du perfonnel; c'eft auffi
la Loi feule qui doit être fon Juge.

Le Citoyen ne peut reconnoître
d'autre autorité que celle de son
Souverain & celle de ses Loix, parce
que toutes ensemble composent le
vœu de sa soumission & l'ordre
de ses droits.

Pour subir la peine de la Loi
dans l'ordre du Personnel, il faut
que le Personnel soit décidé, par
la Loi, coupable de sa transgres-
sion. Ainsi dans l'ordre de la trans-
gression personnelle aux Loix dont
nous avons parlé, il faut que la
Loi décide du Personnel trans-
gresseur, avant que le Ministre de
l'Eglise puisse lui faire souffrir la
peine de la Loi. Le Ministre de
l'Eglise n'est en ce fait que l'Exé-
cuteur de la Loi, & non la Loi
qui juge & qui décide du crime du
Citoyen coupable.

Dans ce genre de peines excom-
municatives dans l'ordre du Personnel, il faut 1° que le Citoyen
coupable soit convaincu par la Loi

du crime de fa tranfgreffion ; & il faut en fecond lieu que le Citoyen coupable foit déclaré Infâme par la Loi. Sans ces préliminaires l'Eglife eft impuiffante , parce qu'elle ne peut enlever au Citoyen les droits dont il jouit en qualité de Fidéle ; c'eft-à-dire , qu'elle n'a aucune autorité contre le Citoyen , tant qu'il n'eft pas dégradé de ce titre par la Loi.

Ce font ces diftinctions qui nous ont fait admettre dans notre Droit ces deux notoriétés de *fait* & de *droit* , dont il eft intéreffant de développer les notions.

La notoriété dans notre Droit , ainfi que dans le Droit Romain , fe divife en quatre fortes ; la notoriété de fait , la notoriété de droit , la notoriété de preuves , & la notoriété de préfomptions : je ne parlerai que des deux premières fortes de notoriétés , les autres étant peu intéreffantes à la Queftion préfente.

La notoriété de fait eſt définie; une notoriété qui réſulte d'un fait public & conſtant qu'il ſeroit abſurde de ne pas croire. En fait de crime, c'eſt l'exiſtence d'un corps de délit certain & conſtant & qui frappe les yeux, comme d'un corps étendu dans la rue expirant ſous le fer d'un aſſaſſin.

La notoriété de droit eſt celle qui réſulte contre le Perſonnel qui a commis ce fait certain de l'homicide.

Afin que la peine de l'Excommunication puiſſe avoir lieu contre le perſonnel Citoyen, il faut le concours de ces deux ſortes de notoriétés, c'eſt-à-dire le concours ou l'exiſtence des erreurs qui blaſphement contre la diſpoſition de la Loi, & le concours du perſonnel Citoyen qui tienne école ou qui faſſe profeſſion publique de ces erreurs.

Au moyen de ce double con-

cours , il faut que le coupable Citoyen foit déféré à la Loi pour
être décidé coupable & jugé digne
des peines de la Loi ; autrement
excommunier le Citoyen, c'eft punir un Citoyen avant d'être jugé ;
c'eft perdre un homme avant de
lui faire fon procès. Dans l'ordre
d'un pareil attentat de la part
d'un Miniftre de l'Eglife, on feroit porté à croire que l'Eglife
cherche plutôt la peine du Citoyen , que fa converfion ; puifqu'avant de le juger, elle emploie
fur le Citoyen une autorité qu'elle
n'eut jamais , & que la Loi de la
Nation lui refufe.

Mais l'Eglife ne penfe pas avoir
cette autorité de condamner
un Citoyen à la peine de l'Excommunication avant de s'être
affuré de ce double concours de
notoriété, & le Souverain lui-même eft bien oppofé à lui donner
un droit qu'il ne peut lui-même
avoir

avoir ; examinons à ce sujet les autorités de l'Eglise elle-même.

Ce sentiment arbitraire a toujours paru à l'Eglise si abusif, que frappée de pareilles Excommunications & des Censures *Latæ sententiæ*, ou de ces Mandemens d'Excommunication *Ipso facto*, qu'elle a publié contre les Décrets mêmes des Papes dans le Concile de Constance, cette fameuse Bulle, *Ad vitanda scandala*, de laquelle il résulte évidemment qu'il n'est pas permis aux Ministres & aux Pasteurs de refuser les Sacremens, sous prétexte de quelque Censure que ce soit, avant que la Censure n'ait été expressément & nommément dénoncée par Sentence du Juge Ecclésiastique.

Dans nos mœurs cette Sentence ne suffit pas ; c'est à la Loi à la prononcer, ou à la confirmer, afin que cette peine ait lieu contre le Citoyen ; parce que dans nos

D

mœurs le Citoyen ne connoît d'autre autorité que celle de la Loi, ni d'autres Juges de ses droits, que ceux de cette même Loi.

Le Concile de Constance, à l'exception de ces Sentences que Jesus-Christ ne connoissoit point, est conforme au Code Evangélique; il veut, ce Code, que le frère avertisse le frère de son erreur, & qu'il le reprenne en particulier; que s'il ne se corrige, il veut, ce Code, qu'il soit repris en présence de témoins; enfin, ce Code, veut qu'en cas d'opiniâtreté, on dénonce le coupable à l'Eglise; origine de ces trois monitions, que doit faire le Pasteur contre la brebis égarée, dont le soin est confié à présent à des Huissiers, & en *forme probande* pour la sûreté des droits du Citoyen.

Jamais l'Eglise de France ne s'est prétendue un pareil pouvoir d'excommunier le Citoyen, & de

lui enlever fes droits fans le concours de ces deux notoriétés , &
fans le fecours de la Loi. Nous
pouvons prouver fa foumiffion
aux Loix & Conftitutions de la
Nation dans l'ordre de ce Concor-
dat facré , que Clovis paffa avec elle
lorfqu'il introduifit la Religion &
fes Miniftres au fein de la France.
Ce Concile , qui eft le premier depuis la converfion de Clovis tenu
en 507 , étoit compofé de trente-
trois Evêques , & contient trente-
trois articles ; il n'y eft fait aucune
mention de ce prétendu pouvoir arbitraire ; au contraire ces Evêques,
promettent, avec ferment , une fidélité inviolable à l'autorité du Souverain, & une exactitude fcrupuleufe
aux droits du Citoyen & aux Conftitutions de la Nation.

Nous voyons par une heureufe
filiation , les faints Papes de l'Antiquité ne rien entreprendre , ni
fur l'ordre des Puiffances , ni fur

D ij

les Loix du Royaume, ni fur les
droits des Citoyens ; au contraire
nous les voyons fe plaindre aux
Souverains de l'abus que commet-
toient les Miniftres de l'Eglife, &
les engager à ufer de leur autorité
pour réformer tout ce qui, dans
leur conduite, eft ou feroit contraire aux faints Canons de la difcipline de l'Eglife.

Gibert, dans fon Traité du Droit
Canonique univerfel, Tome 3,
part. 2, Sect. 7, nous donne un
état des formalités néceffaires à obferver dans l'ordre de l'Excommunication ; elles font fi effentielles,
ces formes, qu'à leur défaut la Sentence d'Excommunication eft nulle
& abufive.

Cette Section porte pour titre :
Quâ formâ debeat fieri Excommu-
nicatio ; quæ fit forma effentialis ?
La premiere de ces formes effentielles, eft que la caufe de l'Excommunication foit claire, jufte & dé-

montrée : *Caveat diligenter Episco-*
pus ne ad Excommunicationem cu-
jusquam absque manifesta causa &
rationabili causa procedat. Eloi-
gnons donc d'ici ces Excommunications pour causes indétermi-
nées , pour vérités conglobées ; ces
Excommunications *ipso facto ;* ces
Excommunications enfin , hors les
cas prévus par la Loi solemnelle-
ment prononcée , qui font les seuls
qui puissent lier le Citoyen.

La seconde de ces formalités
essentielles , est , qu'une Excommunication doit être prononcée par
un Jugement juridique ; maxime
qui défend expressément toutes ces
Excommunications de notoriété
de fait sans le concours de la notoriété de droit , double concours
qui assure du délit de l'Accusé :
Aliquem excommunicare sine ordine
judiciario non præsumat ; ce qui est
conforme aux Loix Romaines dont
nous avons parlé , *pro vigore judi-*
ciario.

L'Eglife fe plaignoit dans ce temps de l'excès abufif de fes Miniftres, auffi plaça-t-elle ces Maximes au Livre de fes Décrétales contre les excès des Evêques, ainfi intitulées : *De exceffibus Prælatorum.* Auffi le Gloffateur ajoute que *in Sententia Excommunicationis . . . . ordo judiciarius obfervari debet.*

La Maxime 10 du même titre décide de nos difficultés ; elle dit, cette Maxime , que l'Excommunication doit avoir pour appui la Sentence , & la Loi pour autorité : *Decretum eft , ut nemo Epifcopus , nemo Presbyter excommunicet aliquem , antequam caufa probetur, propter quam Ecclefiaftici Canones hoc fieri jubent.*

Les Maximes fuivantes , depuis la dix-huitiéme jufqu'à la fin , veulent que la forme de ces Sentences foit précédée de trois monitions libellées, qui faffent mention du crime imputé, de la Loi qui autorife ces monitions, & du genre d'Excommunication encourue : *Ut canonicè promulgetur Sententia , ftatuunt Jura præmitti monitiones.*

Ces monitions , difent encore ces Maximes , n. 6. doivent être libellées par écrit, fur-tout en France : *Nunc monitio fcripto facienda , faltem in Gallia.*

Il eft furprenant que ce Compilateur des Décrétales des Papes n'ait fait que cette feule obfervation fur les Conftitutions de notre France, où la Loi feule du Souverain ait le droit de lier le Sujet.

Ces Conftitutions font les mêmes que celles qui nous ont été évidemment développées dans le texte littéral des Loix Romaines. Il faut 1°. que le Canon qui livre le Citoyen à l'Excommunication, foit Loi de l'Etat. 2°. Que ces formalités aient lieu en conféquence contre le Citoyen accufé ; & enfin que les Parlemens, manutention-naires immédiats des Loix & des droits du Citoyen, confirment la Sentence du Juge Eccléfiafti-que ; c'eft ce tout enfemble qui eft compris dans quantité d'articles de la Déclaration de 1695, la plus fa-vorable, avons-nous déja dit, aux droits prétendus des Miniftres de l'Eglife.

Nous lifons dans les Capitulai-res de Charlemagne, combien ce grand Empereur avoit à cœur de maintenir fon autorité & les droits de fes Sujets contre toute Puiffan-ce étrangère, jufqu'à enjoindre aux Eccléfiaftiques de lire l'Ecriture-Sainte (a), & de ne pas fouf-frir même qu'il s'y introduifit des Rits & des cérémonies fans fon aveu.

_____

(a) C'eft de ces injonctions que font furve-nues l'ordre & la récitation du Breviaire.

Nous

Nous lifons la même chofe dans ceux de faint Louis, & fur - tout nous révérons cette force avec laquelle il repouffoit cette prétendue liberté indifcrete d'une Excommunication arbitraire. Avec quelle autorité Philippe-le-Bel repouffe-t-il les foudres d'un Boniface VIII, & avec quelle févérité ordonne-t-il aux Parlemens de fes Etats, de ne fouffrir aucune impreffion de domination étrangère. Voyons les faftes de Louis XI, prenons enfin en main les Hiftoires de notre Monarchie, & nous trouverons par - tout l'autorité du Souverain, les Loix de la Nation, & les droits du Citoyen indépendans & invariables.

Inftruifons-nous une bonne foi, & ne foyons point chancelans dans les temps d'obfcurité ; l'Eglife ne peut être plus refpectée, que dans l'ordre de la vérité ; &, convainquons-nous, enfin 1°. que les Mini-

E

ftres de l'Eglife font impuiſſans à
ravir les droits du Citoyen, hors
les cas prévûs par la Loi, & ſans
une Sentence qui déclare coupable, le Citoyen accuſé. 2°. Que de
la part du Miniſtre de l'Eglife qui
excommunie à fon gré, & qui enleve à fon caprice le Citoyen aux
droits de Fidéle, ſans être autoriſé par le concours de ces actes;
c'eſt de fa part une prévarication
contre les ſaints Canons de l'Eglife,
un attentat contre les droits du
Citoyen, & une révolte contre
l'autorité du Souverain & l'indépendance des Loix de la Nation,
puniſſables de la févérité de cette
même Loi.

Mais la Loi, dans l'ordre des
mœurs, qui prononce la peine de
l'infamie, & qui ne prononce point
celle de l'Excommunication, peut-
elle jamais être interprêtée comme
contenant ou renfermant l'une &
l'autre peine?

Les Loix de rigueur ne s'étendent jamais au-delà de leurs dispositions textuelles ; c'est un principe de Droit civil & canonique : de sorte que, où ces Loix permettent indépendemment de la peine de l'infamie, celle de l'Excommunication, le Ministre de l'Eglise a le pouvoir de mulcter de cette peine celui que la Loi a déja exclu de sa Société ; mais aussi, où la Loi ne prononce que la peine de l'infamie , sans étendre cette peine jusqu'à l'Excommunication ; en vain le Ministre tonne contre cet infâme, il ne peut recevoir aucune atteinte des foudres de l'Excommunication.

Trois raisons convaincront de la vérité de cette proposition : la première, c'est que la Loi est la maîtresse d'étendre ou de diminuer l'ordre de ses peines , & qu'elle ne peut recevoir de Loi d'aucune Puissance étrangère. La seconde , c'eſt que le Citoyen ne peut être puni deux fois pour le même crime & par deux Puiſſances différentes. La troiſiéme enfin , c'eſt que le pouvoir de l'Excommunication ne peut être qu'un pouvoir de la Loi qui enléve , ou met en main du Mi-niſtre le libre exercice de ſon pou-voir.

Avant de développer ces rai-ſons , il eſt néceſſaire de prévenir de la Loi dont nous parlons , & d'en développer & le ſens & les circonſtances.

DES LOIX

QUI RENFERMENT

la peine de l'Infamie, sans renfermer
celle de l'Excommunication.

Nous distinguons deux ordres
dans l'objet de la Loi. Le premier
qui joint à la peine de l'infamie
celle de l'Excommunication ; ce
premier ordre de Loi ne renferme que cette classe d'hommes
qui contestent ou combattent les
vérités de Foi déterminées qui ont
reçu le caractère de publicité.

Le second ordre de la Loi comprend dans sa disposition les mœurs
du Citoyen ; & comme ces mœurs
peuvent troubler plus ou moins
l'ordre de la Société, cet ordre de
Loix admet contre les coupables
des peines plus ou moins rigou-
reuses. Ces peines se distinguent
en fait de délits, ou en peines d'in-

famie, ou en peines afflictives, ou
capitales.

On ne peut douter que la peine
de l'Excommunication n'ait lieu
contre le Fidéle, que relativement
aux crimes connus publics & no-
toires de fait & de droit : cela é-
tant, ces crimes sujets à l'Excommunication troublent l'ordre de la
Société , & conséquemment ces
crimes sont punis par la Loi qui lie le
Sujet; le Fidéle est donc puni comme
Citoyen, à cause de l'union du Fidéle au Citoyen, de sorte que le Citoyen-Fidéle est puni dans l'ordre
de la Loi; mais une fois puni, il n'est
plus permis ni à une autre Loi, ni à
une autre Puissance de le punir une
seconde fois ; ce qui seroit d'une
part commettre un sacrilege dans
l'ordre des Loix; & d'une autre,
admettre contre le Citoyen une
Loi & une Puissance étrangères à
celle à laquelle il a voué son obéis-
sance & sa soumission.

Une autre raifon relative au pouvoir de l'Eglife qui a donné lieu,
quant aux mœurs, de ne point admettre dans l'ordre de la Loi la
peine de l'Excommunication contre les péchés & les crimes publics
& fcandaleux ; c'eft que, foit délits,
foit crimes perfonnels, ils font tous
dans l'ordre du pouvoir de l'Eglife, du Reffort ou Tribunal intérieur & privé de la pénitence ; ce
pouvoir de l'Eglife eft indépendant de tout autre Code que du
Code Evangélique, parce que les
pénitences, les Excommunications
qui s'y impofent, ne tombent que
fur le Fidéle, & ne troublent point
l'ordre & les droits du Citoyen :
d'ailleurs ces pénitences, ces Excommunications font du reffort de
la volonté de l'homme pénitent, &
non un effet de l'autorité.

Telles font les raifons appuyées fur
des principes conftans, invariables &
imprefcritibles, qui ont formé l'efprit

de fageffe de nos peres Légifla-
teurs , en admettant aux unes ,
quant à l'objet de la Foi , la peine
de l'Excommunication , & en la
rejettant du fecond ordre des autres , quant aux mœurs perfonnelles , de quelque gravité que foit
chargé le crime public & fcandaleux que le Citoyen-Fidéle puiffe
avoir commis.

En effet , nous n'avons jamais
vû l'Eglife fe prétendre le droit
d'excommunier un Citoyen-Fidéle
condamné à des peines afflictives
ou capitales ; au contraire , nous
voyons avec plaifir la charité de
fes Miniftres accourir à leurs fecours ; comment donc prétendroit-
elle avoir le droit de porter fes foudres contre de fimples délits de
mœurs perfonnelles, qu'elle a le pouvoir d'ailleurs de punir au Tribunal
de la pénitence?

A tous égards le pouvoir de l'E-
glife, au fait préfent de l'Excom-

munication , n'a de force contre le Citoyen-Fidéle , qu'autant que la Loi lui admet l'exercice du pouvoir , parce que le Citoyen , encore une fois , n'eſt lié qu'à la Loi de ſa Nation qui n'admet & ne peut admettre aucune Loi qui lui ſoit étrangère.

Pour avoir l'intelligence des Loix Romaines que nous nous propoſons de développer dans ce ſecond ordre de Loix que nous traitons. Il eſt intéreſſant d'obſerver que dans l'ordre de la primitive République Romaine , tout Citoyen étoit militaire ou ſe deſtinoit à cet état ; les Sénateurs eux-mêmes avoient le commandement des Armées ; & contens du produit de leurs héritages qu'ils cultivoient eux-mêmes , ils regardoient comme infâme tout autre état qui illuſtre aujourd'hui nos Empires. Ils conſidéroient le Commerce comme la porte du luxe & de la de-

struction des Etats ; & confirmés
dans ce sentiment par la vûe des
Nations que ce même luxe, soute-
nu de ce même commerce, avoit
plutôt détruit que leurs propres armées, ils envisagroient les gens de
cet état comme infâmes.

Ces sages Politiques mettoient
dans la même classe les Usuriers &
autres qui trafiquoient ou com-
merçoient, les droits qu'ils eurent
à percevoir lors de l'aggrandisse-
ment de leur République ; la seule France semble avoir dérogé à
cette politique ; mais sans doute que
des circonstances plus favorables
la remettront à cet esprit de justice qu'elle n'a jamais perdue de
vûe.

Cette République de Sages
traitoit d'infâme tout esclave, ou
tout étranger ; c'est-à-dire, exclus
de tout droit de Citoyen.

La suite des temps, ou la propre
grandeur de Rome lui mit les ar-

mes à la main , & la réduifit aux
fers ; chacun , pour s'approprier
l'Empire , fe fit des partifans ; &
pour en avoir , tous ces gens à
état infâme fe vendirent & acqui-
rent l'état de Citoyen ; l'efclave
fut affranchi , les autres achete-
rent , & tous devinrent Citoyens ,
& bien-tôt eurent rang dans les ordres marqués du Citoyen.

Les Empereurs premiers , jaloux
de leurs créatures , les foutinrent ;
& cependant pour conferver dans
l'ordre de l'Empire ces prétieufes
traces de l'antique République que
le Corps impuiffant de la Nation
réclamoit fans ceffe ; ils formerent
des Loix interprétatives de leur
première févérité.

Ces Loix que nous allons rapporter , défignent & dénotent les
différents états que Rome n'a jamais regardé comme Citoyens , &
qu'elle a expreffément grévés de la
peine d'infamie , fans cependant

les livrer à l'Excommunication.

Ces Loix se trouvent au Digest. tit. 2. Liv. 3. & ont pour titre : *De his qui notantur infamiâ.* Ces Loix admettent huit cas.

Le premier renferme la peine de l'infamie contre tous ceux qui sont chassés honteusement de la Milice Romaine, *Qui ab exercitu infamiæ causâ* . . . . *dimissus erit.* Nous ne voyons point que l'Eglise prétende avoir le droit d'excommunier ces sortes de gens ; quoique dans nos mœurs, ces mêmes gens soient grévés de la même peine d'infamie.

Le second renferme la peine de l'infamie contre tous Histrions , Farceurs & Auteurs de leurs piéces, *Qui artis ludicræ, pronuntiandive causâ.* . . . . Nous ne verrons jamais l'Eglise grèver ces sortes de gens de la peine de l'Excommunication pendant le cours de l'Empire subsistant, ni dans aucune Na-

tion divifée de cet Empire ; nous
avons retenu à cet égard l'ordre
de cette Loi, fans jamais y avoir
attaché la peine de l'Excommuni-
ication.

Le troifiéme renferme la peine
de l'infamie contre les corrupteurs
de la Jeuneffe, *Qui lænocinium fe-
cerit.* Nous n'avons jamais vû l'E-
glife étendre jufqu'à eux le pouvoir
de l'Excommunication ; quoique
dans nos mœurs nous ayons encore
confervé l'efprit & la difpofition
textuelle de cette Loi.

Les 4e. 5e. & 6e. Cas renferment
fous la peine de l'infamie, les calomniateurs, les faux témoins, les raviffeurs du bien d'autrui, & notamment les Ufuriers. Nos Loix ajou-
tent à cette peine fouvent des peines afflictives : cependant nous n'a-
vons jamais vû l'Eglife lancer les foudres de l'Excommunication contre
ces fortes de criminels, à l'exception cependant des Ufuriers ; nous

en dirons les raisons dans la suite.

Les 7e. & 8e. Cas comprennent
sous cette même peine d'infamie,
les femmes qui convolent en se-
condes nôces avant la fin du deuil
de leur mari défunt, & tous ceux
qui étant mariés, convolent à d'autres nôces. L'Eglise a négligé de
parler des premieres, parce que
cette Loi n'étoit qu'une Loi de
pur Gouvernement politique, mais
elle a souvent fait des Canons pro-
vinciaux pour assujettir les autres à
la peine de l'Excommunication ;
peine qui n'a jamais pû être réduite
à l'acte, comme ne faisant point
partie de la peine de la Loi.

On ne voit donc ici qu'un seul
Cas où l'Eglise ait tellement prétendu avoir le pouvoir de joindre
à la peine de l'infamie celle de
l'Excommunication que la Loi ne
prononce point, & qui, à raison
de ce silence, l'exclut entièrement
de sa disposition. Ce Cas renferme
les Usuriers,

Les Miniſtres de l'Egliſe des différens Etats, comme ceux de notre France, ont cru pouvoir ſui-
vre en ce fait les Décrétales des
Papes qui ont ſoumis ces ſortes de
gens à la peine de l'Excommunication ; car c'eſt de leur part un
langage aſſez ordinaire , *Rome a*
parlé , diſent-ils, c'eſt nous mettre ſuffiſamment les armes à la
main.

Un moment de réflexion met-
tra ſes armes hors de défenſe : convenons ſincérement qu'il n'y a que
la ſeule Loi du Prince qui puiſſe
lier le Citoyen, & que le Miniſtre
de l'Egliſe n'a aucun droit ſur lui,
qu'autant que la Loi du Prince lui
en donne. Les Papes ont en main
un double glaive, cela eſt vrai ;
mais ce double glaive ne ſort point
des limites de leurs Etats, de façon
que leurs Décrétales ont tout pouvoir dans le reſſort de leurs Etats.
S'il leur a plû dans leurs Etats de

joindre à la peine de l'infamie celle
de l'Excommunication, à la bonne
heure, les Miniſtres de l'Egliſe qui
tiennent ce pouvoir, l'exécutent
en vertu de la Loi de leurs Prin-
ces, & ils font très-bien; mais
qu'un Miniſtre de l'Egliſe de France exécute cette Loi hors des bar-
rières de l'Empire Papal, & ſous
une domination étrangère à celle
du Pape, dont la Loi ne porte
point la peine de l'Excommunication; ce Miniſtre eſt puniſſable de
la dernière ſévérité des Loix; en
ce qu'il attente de ſon chef à l'autorité & aux Loix de la Nation,
& qu'il trouble, contre la diſpoſition des Loix de cette même Nation, les droits du Citoyen. C'eſt
donc toujours la Loi de la Nation
ſous laquelle vit le Miniſtre de l'E-
gliſe qui doit faire la regle de ſon
pouvoir dans l'ordre public & extérieur, & non la Loi d'une Puiſſance
étrangère.

Voilà,

Voilà , je penſe , tout le nœud des conteſtations de nos jours , d'avoir voulu introduire des Loix étrangères dans un Etat ; Loix qui ne ſont faites que pour être exécutées dans celui d'où elles déririvent. C'eſt pourquoi nous ne voyons dans ces Décrétales des Papes , qu'une compilation des Loix Romaines renouvellées & jointes à de nouvelles qui ne peuvent jamais lier le Sujet d'un Etat étranger.

Cependant à l'égard de l'uſure dont le coupable eſt ſoumis par ces Décrétales à la peine de l'Excommunication ; nous ne voyons point que ce ſoit le Fidéle coupable qui y ſoit ſoumis, mais ſeulement l'Eccléſiaſtique. Quant au péché de l'uſure , les ſentimens étoient partagés : l'Empire d'Orient ne penſoit pas de même que l'Empire d'Occident , quoique également ils en abhoraſſent le crime dans l'or

dre des Loix. L'ufure paſſoit pour
péché canonique, & ſujet à l'Excommunication dans l'Empire d'O-
rient, & ne paſſoit nullement pour
tel dans l'Empire d'Occident. En
fait de péchés, le ſentiment doit
être uniforme, parce qu'un péché
qui entraîne après lui une peine,
la dernière de l'Egliſe, qui eſt l'Excommunication, doit être du nombre de ces péchés capitaux qui ſoit
reconnu pour tel comme axiome, ou
comme vérité certaine. Cette non-
conformité à l'égard du péché de
l'uſure, eſt un défaut ſi eſſentiel,
qu'il empêche de droit la peine
rigoureuſe de l'Egliſe. Mais ce n'eſt
point au Citoyen ni au Miniſtre à
entrer dans ces ſortes d'examens,
la Loi de la Nation fait la Loi de
l'un & de l'autre. Si la Loi porte
la peine de l'Excommunication,
le Citoyen uſurier eſt ſujet à cette
peine; ſi au contraire la Loi ne la
porte point, le pouvoir du Mini-

ſtre en ce fait eſt impuiſſant.

Mais enfin la peine de l'Excommunication ne regardoit que
les gens d'Egliſe & non le Citoyen. Le 44e Canon des Apôtres
défend l'uſure aux Eccléſiaſtiques,
dans les 7 & 8e. ſiécle de l'Egliſe,
ſes Miniſtres ne portoient qu'une
prohibition à cet égard contre les
Eccléſiaſtiques & non la peine de
l'Excommunication.

L'uſure n'eſt qu'un crime rélatif à l'ordre de la ſociété ; or dès
que la ſociété le punit, l'Egliſe n'a
aucun droit de ſévir contre le coupable dans l'ordre extérieur : (c'eſt
ainſi qu'il faut toujours entendre
ſon impuiſſance).

Me Charles Dumoulin *de Uſuris*,
n°. 87 & n° 154. Me René Chop-
pin, *de Sacra Polit*. liv. 2 n°. 14 &
15. atteſtent que le Juge d'Egliſe
ne connoit que des uſures commiſes par les Eccléſiaſtiques, & le
Juge ſéculier de celles commiſes

F ij

par les Laïcs ; si cela étoit ainsi
dans nos mœurs , de quel droit le
Ministre s'ingéreroit-il de mulcter
de peines le Citoyen à cet égard ?
ne donnons cependant point à ces
deux graves Auteurs le ridicule
de penser que le Citoyen peut être
ainsi divisé rélativement aux peines de la Loi ; croyons que l'Ec-
cléfiastique & le Laïc , tous deux
sujets de la même Loi , doivent
être jugés par les Juges de la Loi.
Il y a des peines que l'Eccléfiasti-
que coupable peut subir par forme
de correction de la part de l'E-
glise , mais ces peines ne le sau-
vent point de celles de la Loi.
L'art. 32. de nos libertés veut que
l'usure , même commise par les
Eccléfiastiques, soit de la compé-
tence du Juge séculier ; la raison
est que l'usure est un trafic, & que
tout commerce est interdit aux
Eccléfiastiques & par la Loi con-
stitutive de la France , & par la

Loi inftitutive de ces mêmes Miniftres (a).

Mais l'ufure à cet égard n'eft
plus de fi grande rigueur depuis
la Bulle appellée *Extravagante Re-
gimini*, donnée en 1445 par Martin V^e, qui nous a donné l'entrée
aux Contrats de Conftitutions, qui
eft la première ufure autorifée dans
nos mœurs, & qui nous vient du
Pape. Auffi nous n'avons jamais
vû en France, & nous ne voyons
point encore dans notre France
où l'ufure eft engagée fous des pré-
textes auffi ridicules les uns que
les autres, que les Miniftres lancent
aucune peine d'Excommunication, ni contre les Laïcs, ni contre les Eccléfiaftiques. Quelques Rituels contiennent cette peine d'Excommunication contre les Ufu-

(a) *Voyez* le Tome 2. des Hiftoires de l'E-
glife Gallicane, intitulé : *Mémoires*, du droit
Canonique de France, *Edit, de* 1703. *F.* 298.
& *fuiv,*

riers & ufurières ; mais ces Rituels ne donnent aucun pouvoir aux Miniftres de l'Eglife de l'exercer, parce que, 1°. la Loi du Royaume n'admet point leur pouvoir à cet effet ; 2° parce que le Souverain eft le maître de créer un produit fuivant le befoin des temps & des circonftances.

Revenons à la pratique de l'Eglife rélative à l'excommunication concernant les gens déclarés infâmes par la Loi , & démontrons que dans l'ordre de fa difcipline elle ne rejette jamais de fon fein ces fortes de gens.

Pour examiner férieufement cette difcipline , voyons à quoi fe réduit la peine de l'infamie ; car dans tous elle n'a pas le même effet.

DE LA PEINE DE L'INFAMIE
Confidérée dans fes effets.

Il eft conftant qu'il y a différentes efpéces de peine dans l'or-

dre de l'infamie, dont aucune n'eſt
ſuivie de celle de l'Excommunication, (c'eſt le point important à
marquer). L'infamie en général eſt
à nos yeux la peine la plus cruelle
que l'homme libre puiſſe ſuppor-
ter ; auſſi l'Excommunication, qui
n'eſt jamais qu'une ſuite de la peine de l'infamie , eſt-elle une de ces
peines la plus flétriſſante & la plus
deshonorante.

Ce terme d'infamie ne s'emploie
que dans l'ordre des Loix , parce
que la Loi ſeule a le droit de prononcer cette peine.

Dans cet ordre des Loix nous
en connoiſſons de deux ſortes ;
l'une de fait, l'autre de droit. L'infamie de fait ne rend pas par cela
ſeul un homme grevé de la peine
de l'infamie , il faut qu'elle ſoit
jointe à l'infamie de droit, c'eſt-à-
dire qu'il faut que cette peine ſoit
impoſée par un Jugement contre
le coupable perſonnel. Mais l'infa-

mie de fait deshonore celui qui l'a
commis aux yeux de la Société.
Hinc illi, dit la Loi 2. Dig. *de
obseq. parent. & patro præstand. quo-
rum forma facto turpi gravantur,
absque juris autoritate, non nun-
quam impropriè dicuntur infames,
quatenus eorum pudor, apud bonos
& graves viros quodammodò sugil-
latur,* ou pour se servir des termes
d'Ulpien, *Illi verbis quidem Edicti
non habentur infames; re tamen
ipsâ & opinione hominum non effu-
giunt infamiæ notam.* Tel est cet
homme en place renvoyé d'une
accusation grave intentée contre
lui par *un hors de Cour.* Cet homme n'est pas infâme dans l'ordre
de la Loi, mais aux yeux de la
Société ; cependant un tel homme
jouit des droits de Citoyen, &
n'est nullement sujet à la peine de
l'Excommunication.

L'infamie de droit est celle qui
provient d'une condamnation pour
délit

délit de la Loi, ou qu'elle comprend dans sa disposition. C'est
aussi la Loi qui distingue les différens effets de la peine d'infamie.

Le Banissement hors du Royaume, les galères à perpétuité operent
la mort civile, & produisent à cet
égard les mêmes effets que la mort
naturelle. Cet homme n'a plus d'ac-
cès à aucun acte de Citoyen, il
ne jouit plus d'aucuns effets civils
de ses conventions, pas même ré-
lativement à un contrat de mariage ; il est déchu de toutes succes-
sions & de toutes prétentions au
point de ne pouvoir ni tester ni témoigner en Justice. Cependant ces
sortes de gens ne sont nullement
susceptibles de la peine de l'Excommunication ; l'Eglise les admet
aux Sacremens, ne peut leur refuser celui du Mariage, ni la Sépulture Ecclésiastique. L'Eglise mê-

G

me n'a jamais tenté ce refus, à
raison du silence de la Loi, & à
raison qu'étant punis à cause du
délit par eux commis, il n'eſt point
permis de punir une ſeconde fois
pour le même délit.

Le Baniſſement, ou les galères
à temps , le Baniſſement même
d'une Province ou d'un reſſort,
n'enlevent point au perſonnel condamné le pouvoir des conventions
ou l'avantage de profiter des autres, il eſt le maître de commer-
cer ; cependant il eſt infâme à nos
yeux , & cette infamie l'exclut des
poſtes honorables & de la ſociété
& de l'Etat ; l'Egliſe n'a jamais prétendu enlever à ces infâmes les
droits de Fidéle quoique déchus
de ceux de Citoyen, à raiſon de la
Loi qui ne le permet pas, & à raiſon de la peine qu'il ſubit dans l'ordre de la Loi qui l'a condamné.

L'Egliſe enfin n'a jamais préten-

du avoir le pouvoir d'excommunier ceux que les Loix Romaines
nous annoncent comme infâmes &
à raifon de la Loi qui ne permet pas
l'exercice de ce pouvoir , & qui
conféquemment l'exclud de l'ordre de fes peines , & à raifon , que
ces gens font punis par la Loi
qui les déclare infâmes. L'hiftoire ,
les monumens du Droit Romain ne
nous préfentent aucun exemple
qui ait privé ces fortes de gens des
droits extérieurs de Fidele , quoique déchus de ceux de Citoyen ;
comment donc l'Eglife de nos jours
prétendroit-elle avoir ce droit in-
dépendamment des Loix de la Nation , qui lui interdifent l'exercice
de ce pouvoir , & qui puniffent le
coupable.

Dans l'ordre de cette differtation , nous n'avons à examiner que
la Loi qui regarde les Farceurs ,
Hiftrions & les Auteurs de leurs

piéces ; la Loi qui les renferme
dans la peine de l'infamie, & que
nous avons citée, eſt la ſeconde
dans l'ordre de ces Loix. Examinons en particulier l'ordre de cette
Loi & les effets qu'elle produiſoit.

DE L'ORDRE

ET DES EFFETS

de la Loi de l'Infamie, prononcée contre les Farceurs, Histrions & les Auteurs de leurs piéces.

Il paroît que c'est en conséquence de cette Loi que l'on renouvelle aujourd'hui, & cette idée d'infamie, & cette peine de l'Excommunication contre les Comédiens de la Comédie Françoise. On convient cependant, & il seroit absurde de ne pas convenir qu'il n'y a aucune rélation entre ces spectacles anciens, vils & abjects, & ceux de la Comédie Françoise ; spectacles convenus être vraiment académiques.

Quoi qu'il en soit, il ne paroît pas qu'il y ait d'autres raisons que cette similitude qui engage à les ranger sous le même point de vue, pour avoir occasion de les mulcter également de la peine prononcée par la Loi contre les Farceurs , Hiftrions & les Auteurs de leurs piéces. Ce feroit même envain que l'on voudroit nous fubftituer d'autres raifons , puifque jamais on ne trouvera , foit dans la Loi Romaine , foit dans celle de nos Souverains , d'autre Loi que celle-ci , qui a été renouvellée dans nos Conftitutions contre ces mêmes Farceurs , Hiftrions & les Auteurs de leurs piéces.

A tous égards, envifageons ici feulement l'ordre de la Loi dans la rélation textuelle qu'elle a avec ces Farceurs , Hiftrions & les Auteurs de leurs Piéces ; nous aurons lieu par la fuite d'en faire de folides applications aux Acteurs de la Comédie Françoife.

Cette Loi s'exprime ainfi : *Qui artis ludicræ pronuntiandive causâ.*

Sous ces termes *artis ludicræ* , font compris les Auteurs des Piéces. Sous ceux de *pronuntiandi* , sont compris les Farceurs & les Histrions. La Loi ajoute *causâ*; Ce terme indique une restriction essentielle, qu'il faut nécessairement développer.

Ce ne fut jamais l'art de la composition ou des représentations en général, que la Loi paroît ici condamner à la peine de l'infamie ; mais le gain sordide & vénal qu'en pouvoient retirer & les Auteurs des Farces, & les Histrions qui les représentoient ; aussi la Loi n'a pas compris dans sa disposition, *artis ludi pronuntiandive causâ* ; mais elle a compris seulement, *artis ludicræ*, *pronuntiandive causâ*, que veut dire ce terme *ludicræ* ?

Il paroît que ce terme *ludicræ* est un adjectif formé de deux mots substantifs *ludi lucrum*, que par abbréviation les Romains ont réuni en adjectif sous le mot *ludicrum*. Ce qui arrivoit souvent chez eux, comme il nous arrive de lier plusieurs

G iv

mots pour en faire un feul, & que nous entendons mieux qu'une périphrafe que nous ferions obligés d'employer. Ne perfonifions-nous pas celui qui porte une lumière qui veut dire en latin *ferre lucem*, par ce feul & unique mot *lucifer*, & ainfi de mille autres. C'eft donc à raifon de la vénalité (*a*) de ces jeux qui plaifoient aux Romains que leur Loi condamnoit les Acteurs à l'infamie ; il en étoit de même du fpectacle des Gladiateurs, que ces gens barbares employoient à vendre, à vil prix, leur fang, leur férocité & leurs vies.

Une autre raifon encore tirée des mœurs des Romains de cette peine d'infamie, portée par la Loi, eft, que les Acteurs de ces jeux étoient des vils efclaves déja infâmes chez eux dans l'ordre de leurs mœurs.

_____

(*a*) Cette vénalité étoit réputée *vile* en ce que pour peu de chofe on les faifoit repréfenter à toutes heures comme ces Spectacles des Boullevards.

Ce fameux Roſcius , cet Hiſtrion
ſi vanté, ne put convaincre le Sénat du droit qu'il vouloit ſe donner
de Citoyen Romain ; Ciceron , ſon
Orateur adverſe , employa les Loix
de la République , la naiſſance de
Roſcius & la vénalité de ſes ſpec-
tacles ; & Roſcius n'eut rien de
ſolide à lui oppoſer.

Mais de quelle nature étoit cette
peine de l'infamie, & quels effets
pouvoit-elle produire ? Nous avons
dit précédemment que l'infamie
étoit de deux ſortes ; l'une de fait,
l'autre de droit ; nous avons encore dit précédemment que l'infamie
de fait n'emportoit aucune peine
ſans le concours de celle de Droit ;
deſorte que cette infamie conſiſtoit
à être rejetté de la Société , à ne
pouvoir occuper de place honora-
ble dans la Société, à ne point trouver d'alliance dans d'honnêtes familles ; telle étoit auſſi cette peine
d'infamie à laquelle la Loi con-

damnoit les Farceurs, Hiftrions &
les Auteurs de leurs piéces ; d'ailleurs
capables de contracter mariage &
d'en recevoir les fruits civils ; capables des conventions ordinaires des
hommes, d'en donner & d'en recevoir les avantages ; efter en
Jugement, ainfi que le Citoyen ;
peut-on croire que de telles ap-
titudes de la part d'un homme infâme, le rendent exclus des Myftères publiques de la Religion ;
auffi bientôt nous prouverons que
jamais l'Eglife n'ayant refufé ces
devoirs publics aux plus infâmes de droit, elle ne s'eft jamais
crue dans le pouvoir de les refufer aux infâmes de fait. Le contraire feroit un contradictoire, ou
même une abfurdité trop fenfi-
ble.

Il faut encore obferver que cette peine d'infamie n'étoit point à
raifon de la chofe en elle-même,
mais feulement, à raifon de l'état,

& d'état de vénalité abjecte. Le Farceur, comme Roscius paroît irréprochable dans sa conduite ; raison suréminente qui détruit tout délit grave & personnel. D'ailleurs la Loi n'admettant point contre eux la peine de l'Excommunication, exclut nécessairement cette peine ; enfin ces Farceurs punis par la honte de l'infamie de fait, ne pouvoient éprouver d'autre genre de peine dans l'ordre d'une Puissance étrangère. A tous égards je ne vois aucune autorité qui ait laissé à l'Eglise l'exercice libre de la peine de l'Excommunication contre ces sortes de gens.

Mais enfin l'Eglise a-t-elle tenté de les excommunier, & trouverons-nous des Canons de sa part qui décident de ce fait. Examinons ses Fastes & lisons-les de bonne foi.

Je l'avouerai, je suis frappé de la témérité avec laquelle on nous annonce des décisions de Conciles à cet égard, pendant que malgré mes recherches, je n'ai rien trouvé qui fût même susceptible de cette décision; il y a plus, dans Rome même, ces Spectacles étoient si nombreux & en tant d'endroits, qu'ils étoient représentés jusques dans les Eglises & par des Ecclésiastiques; cependant ces Ecclésiastiques même, n'ont jamais subi la peine de l'Excommunication, & jamais on ne trouvera de décisions qui tendent à les y assujettir.

A défaut de Conciles, j'ai eu recours aux Maximes canoniques & aux Décrétales des Papes, & je n'ai rien rencontré de favorable aux prétentions de l'Excommunication; enfin je me suis spécialement attaché aux compilations de Pithou & de Gibert, dont je vais rapporter le peu qu'ils ont dit sur ce sujet.

Je trouve dans les Compilations de Pithou, intitulées : *Traité du Droit Canonique, Edit. de* 1687, un feul texte fur la Queftion préfente, qui a pour titre : *De vitâ & honeftate Clericorum.* Ce texte porte une défenfe aux Clercs ou Eccléfiaftiques de jouer fur les Théâtres & de faire fervir les Eglifes à repréfenter ces fpectacles ; ce texte ne leur défend pas d'y affifter, bien loin de prononcer contre eux la peine de l'Excommunication. Voici les termes de cette défenfe, n°. 12 : *Cùm decorem domûs Dei . . . . interdum ludi fiunt in Clericis theatrales, & non folùm ad ludibriorum fpectacula introducuntur monftra larvarum ; verùm etiam in aliquibus feftivitatibus, Diaconi, Subdiaconi, ac Presbyteri infaniæ fuæ ludibria exercere præfumant. Mandamus, quatenus ne per hujufmodi turpitudinem Ecclefiæ inquinetur honeftas, prælibatam ludibriorum con-*

ſuetudinem vel potiùs corruptelam cunctis à veſtris Eccleſiis extirpare.

Tout homme raiſonnable conviendra que c'étoit ici le lieu de tonner contre ces Spectacles par la force de l'Excommunication, ſurtout contre les Eccléſiaſtiques qui les repréſentoient dans leurs Egliſes & aux grandes ſolemnités, *in aliquibus feſtivitatibus.* Cependant l'Egliſe ne dit rien à ce ſujet, & fait défenſes ſeulement aux Eccléſiaſtiques de ne plus jouer ces ſortes de Spectacles, & dans les Egliſes ; on ne voit pas même qu'il leur ſoit défendu d'y aſſiſter.

Ce Canon a pour titre ce qui ſuit : *Ludi Theatrales etiam pretextu conſuetudinis in Eccleſiis, & per Clericos fieri non debent.* Il eſt tiré d'un Concile tenu à Rome l'an 1210.

Dans ce même endroit de Pithou, je remarque qu'il rapporte

exactement les cas sujets à a peine de l'Excommunication , & je ne trouve pas dans le nombre , celle contre les Farceurs & Histrions.

Gibert , dans son Traité du Droit canonique universel , Tom. 3. *De Ordine judiciario* .... *& præ. sertim de Excommunicatione* , part. princip. part. 2. sect. 5. détaille tous les sujets grévés de la peine de l'Excommunication, & je n'y trouve rien de relatif aux Farceurs & Histrions.

Nous trouverons dans les écrits des Peres des expressions violentes contre ces Spectacles ; nous devons à tous égards respecter leur zèle & leurs salutaires avis ; mais autre chose, l'ordre des vertus chrétiennes, autre chose, l'ordre de la Loi que je traite : l'un & l'autre n'ont rien de commun.

Je prie le Lecteur d'observer que l'Eglise , en parlant des Spectacles en général , les appelle Jeux ,

Ludi , & quand elle défigne ces
Jeux des Farceurs, elle les appelle
Ludibria , & non *Ludicra* , de façon que pour expliquer la caufe de
la Loi de l'infamie, on fe fert d'a-
près la Loi , du terme de *Ludicra*
quafi lucrum ludi ; & ce terme *Lu-*
crum étoit la caufe de la Loi d'infamie prononcée contre les Farceurs. L'Eglife au contraire qui ne
les envifageoit point infâmes dans
l'ordre de ce gain vil & abject,
mais à raifon de leur obfcénité, les
appelle *Ludibria* , qui veut dire
Jeux lubriques ou lubricité : cette
différence de rapports de la part
de l'Eglife n'étoit point autorifée
par la Loi qui les nomme *Ludicri* ,
& conféquemment lui enlevoit
toute liberté d'exercer la peine de
l'Excommunication : en un mot ,
non-feulement la Loi exclut cette
peine , & l'Eglife n'a jamais tenté
de l'impofer ; de forte que les Acteurs n'ont jamais été privés des
droits

droits extérieurs de Fidéle qui appartiennent au Citoyen, comme au
plus infâme.

Tirons de tout ceci trois conséquences essentielles. La première,
que dans les cas où la Loi ne parle
point de l'Excommunication , elle
enléve au Ministre de l'Eglise l'e-
xercice de son pouvoir.

La seconde, que dans le cas de
la peine de l'infamie prononcée
par la Loi contre les Farceurs ,
Histrions & les Auteurs de leurs
Pièces, la Loi ne parlant pas de la
peine de l'Excommunication , elle
a enlevé au Ministre de l'Eglise la
liberté de l'exercer.

La troisiéme enfin, que l'Eglise
n'a jamais tenté d'exercer ce pouvoir sur ces sortes de gens, & qu'il
n'y a rien qui puisse nous assurer
de ce fait; que conséquemment de
la part de la Loi de la Nation, &
de la part du pouvoir de l'Eglise ,
il n'y a aucune maxime qui tende à

H

les rendre fujets à la peine de l'Excommunication.

D'après ces préliminaires que j'ai cru devoir faire précéder la folution de la Queftion qui m'eft demandée. J'entre en matière relativement aux Comédiens de la Comédie Françoife.

Un Jurifconfulte vraiment Patriote, & engagé par devoir à répandre la lumière dans le cœur de fes Concitoyens, doit faifir toutes les occafions de les inftruire de leur état, & de raffûrer leurs confciences allarmées dans ces temps de troubles où le Miniftre tente de s'arroger un pouvoir de décider de leurs droits : c'eft en conféquence de ce devoir, que le ferment de fidélité à leur égard m'impofe , que je réfume les obfervations fuivantes.

Jamais le Miniftre 1° n'a le pouvoir d'excommunier le Citoyen , foit dans la généralité , foit dans les parties de ses droits de Citoyen relatifs à ceux de Fidéle, qu'à raison d'un délit, contre lequel la Loi ait prononcé la peine de l'infamie, qui soit par cette même Loi suivie de la peine de l'Excommunication.

2°. Que la peine de l'Excommunication en tout ou en partie, ne peut jamais tomber sur le Citoyen, mais sur celui qui est précédemment exclus des droits de Citoyen, ou contre lequel, la Loi ait préliminairement prononcé la peine de l'infamie.

3°. Que la peine de l'Excommunication en tout ou en partie ne peut être imposée à qui que ce soit sans une Sentence préalable contre le coupable, ou contre l'accusé, qui soit encore confirmée par la Loi de la Nation, seule Juge des droits du Citoyen.

4°. Enfin, que la peine de l'Excommunication étant une peine

H ij

d'exclusion des droits de Citoyen ,
il faut que cette peine soit prononcée, ou en vertu de la Loi de la Nation, ou en vertu des Canons de
l'Eglise qui aient reçu le caractère
de publicité de la part du Souverain, dans l'ordre des Constitutions
de la Nation ; auquel caractère soit
jointe la peine de l'infamie, suivie
de la peine de l'Excommunication;
dans ce cas, cette peine de l'Excommunication ne tombe plus,
comme en effet elle ne peut jamais
tomber sur le Citoyen. Nous venons de développer les principes de
ces conséquences, & dans l'ordre
des Loix & dans l'ordre des Maximes de l'Eglise.

Dans les circonstances où le Ministre attaquera les droits de Citoyen par ces Excommunications
arbitraires en tout, ou en partie,
qui allarment si justement le Citoyen, l'Etat & la Partie, il n'y a
aucun doute que le Ministre qui

s'arroge ce droit, ne doive être pris à partie, & de conclure contre lui à la réparation du délit commis, tant par la voie de la réparation d'un honneur qu'il a tenté de flétrir, que par la voie des dommages & intérêts; sauf au Ministère public à conclure aux peines d'infamie qu'il a tenté de faire supporter au Citoyen, & sauf d'autres peines plus grieves s'il y échet; tel est à cet égard, le sentiment de la Loi pour protéger les droits sacrés du Citoyen contre de prétendues Puissances étrangères (*a*).

_____

(*a*) On entend par ces Excommunications *en partie* ces excommunications sourdement pratiquées, & qui tendent à dominer sur la Loi du Citoyen-Fidéle, on entend ces refus des Sacremens à la mort & de la Sépulture Ecclésiastique, on entend ces usages prétendus qui mettent des obstacles à la liberté des consciences, enfin toutes espéces d'Excommunications hors les cas prévûs par la Loi & les Canons reçus dans le Royaume.

En effet, priver le Fidéle-Citoyen d'une attestation de *catholicité*, à raison de formalités inconnues, c'est le rendre suspect dans sa

Je reprends le fil de mon Mémoire , & reviens à l'examen des
Queſtions ſur l'objet de l'Excommunication, dont, depuis quelque
temps, on dit la Comédie Françoiſe
grevée (*a*).

Foi & indigne des places de l'Etat ; lui refuſer la Sépulture Eccléſiaſtique , c'eſt le proſ-
crire de la mémoire de ſa patrie ; enlever ſon
nom , ſes droits & ceux de ſa poſtérité des
Regiſtres communs & ſacrés de la Nation ,
& renverſer l'ordre , la ſûreté & les droits des
familles ; c'eſt enfin troubler la nation & jetter dans ſon ſein une ſemence éternelle de di-
viſion. Enfin refuſer les Sacremens à la mort ,
c'eſt deshonorer le Citoyen & le rendre infa-
me aux yeux de ſes Concitoyens.

Les Loix puniſſent ſévérement tout homme
qui attente à l'honneur de ſon Concitoyen ;
de quelle ſévérité la Loi ne doit-elle pas s'ar-
mer contre de ſembables coups que quelques
Miniſtres s'arrogent le droit de porter arbitrairement contre l'honneur & les droits du
Fidéle-Citoyen.

(*a*) On ſe plaindra peut-être que l'Auteur
ait ſi ſouvent repeté ces principes & ces conſéquences ; mais on doit ſçavoir que l'Auteur
d'un Ouvrage dogmatique doit toujours rame-
ner le Lecteur à l'objet eſſentiel de ſon Traité ;
parce que ſi on le perd une fois de vue, le
Lecteur court riſque de s'égarer. Autre eſt ,

Malheur à moi, si je faisois d'u-
ne vérité de Loi une pierre d'a-
choppement à mes frères dans la
Foi. Aussi, redevable aux petits,
aux foibles & aux ignorans, comme aux grands, aux forts & aux
sçavans, je préviens que je n'entre
point dans cette Question qui di-
vise les gens de piété, & qui consiste à sçavoir si, dans l'ordre des
vertus chrétiennes, il est bon, ou
mauvais de fréquenter la Comédie;
je laisse cette Question à nos Pères
dans la Foi, & m'en rapporte à
leurs décisions ; je n'embrasse ici
que la Question de la Loi, puisque je ne traite que des peines de
cette même Loi, puisque je ne traite que des mœurs politiques d'une
Nation, & que je n'embrasse rien
de ce qui tend au salut ou à la perfection de la vie chrétienne. D'a-
près cette observation que j'ai cru

---

un Ouvrage de cette importance, & un simple Ouvrage de Littérature.

importante, examinons fi les Comédiens de la Comédie Françoife
font fujets à la peine de l'Excommunication.

Pour réfoudre cette Queftion,
il me femble qu'il eft intéreffant
de confidérer la Comédie Françoife & dans fa nature & dans l'ordre de la Société, & dans l'ordre
des Loix fous lefquelles elle a été
établie, & fous lefquelles elle vit
même actuellement.

DE LA NATURE DE LA
COMEDIE FRANÇOISE

JE ne fçais par quelle fatalité d'erreur ou d'ignorance, on a confondu ces Spectacles vils & abjects, obfcènes & méprifables ; Spectacles des Romains & refervés à nos Boullevards ou aux Foires de Saint Germain & de Saint Laurent, pour être le divertiffement d'une vile populace, avec ce Théâtre vraiment académique de nos jours de la Comédie Françoife. Je crois cette prévention tombée, ou du moins fi elle peut avoir lieu, ce ne peut être que dans l'idée opiniâtre de ces gens mifantropes ennemis de tout fentiment & de tout efprit d'une vraie & faine littérature. A cet égard nous pouvons continuer nos démonftrations, fans nous arrêter au fentiment de ces fortes de gens. Si d'ailleurs nous

I

confultons fon origine, telle qu'elle
eft, & telle que nous l'établirons
dans la dernière partie du Plan
que je me propofe, on verra qu'il
n'y a nulle liaifon, nulle rela-
tion entre ces deux Spectacles;
au contraire on y verra une origine fondée fur des maximes contraires entr'elles, & qui ne peuvent jamais fe concilier; au point
que l'Eglife elle-même approuvoit
ceux-ci, qu'elle les a admis dans
fon fein, pendant qu'elle décla-
moit contre les Farceurs. Mais,
voyons, ou plutôt développons à
préfent l'ordre de la nature de nos
Spectacles, que nous appellons *Comédie Françoife*.

J'*ABANDONNE* avec fatisfac-
tion à la grandeur des fentimens d'un
Corneille, au caractère naturel d'*a-
ménité* d'un *Racine*, à l'héroïque fureur d'un *Crebillon*, enfin aux tours
heureux de cette féconde & bril-

lante imagination d'un *Voltaire*;
l'art de nous peindre la nature &
l'excellente politique de la Comédie Françoiſe, que ces grands hommes ont tiré de ſon obſcurité. Ma
plume trop peſante pour la déli-
cateſſe des traits d'un pareil Ta-
bleau, défigureroit ceux que nos
ſentimens intérieurs peignent à nos
ames, lorſque préſens à ces deſ-
criptions d'actions ſi éloignées de
nos ſiécles, nous les trouvons exactement retracées dans cette noble
fierté de Mademoiſelle *Dum* * * *
dans ce caractère de douceur de
Mademoiſelle *Goſ* *** & dans ce
tout enſemble réuni à l'ame, l'eſprit,
le cœur & l'action de Mademoiſelle
Clai *** (*a*).

(*a*) Si on ne parle point des autres Acteurs ,
ce n'eſt pas que nous ne rendions juſtice à leurs
mérites ; c'eſt qu'ils ſçavent trop bien eux-
mêmes que le ſexe ſeul a l'art de perſonifier les
graces & les arts.

Et encore, ſi on ne parle pas des autres Actrices qui ennobliſſent la Comédie , chacune

I ij

Quant à moi , je me renferme dans
l'ordre de mon genre d'écrire , &
il me suffit de démontrer que la
Comédie Françoise est dans l'ordre de ses Auteurs & de ses Acteurs & Actrices , un ordre vraie-
ment académique , & de conclure
dans cet ordre de la Loi contre les
Farceurs ; que si les Auteurs de
leurs Pièces sont confondus dans
la même peine , ceux-ci doivent
être également relevés dans l'ordre
de l'illustration de leurs Auteurs ;
c'est ce premier point de comparaison dans l'ordre des Loix que je
vais suivre ; & que j'intitule :

dans leur genre ; c'est qu'elles sçavent aussi ,
que le nombre de *trois* est le nombre mystérieux
de leurs Divinités.

DE LA COMEDIE
FRANÇOISE
dans l'ordre des mœurs politiques de la France.

IL n'en eſt pas de même des Conſtitutions d'une Nation, comme de ſes mœurs politiques. Les Conſtitutions d'une Nation ſont invariables & impreſcriptibles; l'ordre de leur établiſſement eſt proprement l'ordre de la création & de la conſervation du corps politique de la Nation que le moindre choc anéantit. L'ordre politique de ſes mœurs, au contraire, n'étant qu'un *mode*, une forme d'actions extérieures généralement reçûes qui tire ſa force du plus ou moins de connoiſſances développées, eſt de néceſſité ſujet à variation ; auſſi, plus un homme, plus une Nation multiplie ou étend ſes connoiſſances, plus

ils affermiffent leurs mœurs & font
taire leurs préjugés.

Développons donc le progrès de
nos connoiffances, & rendons juftice à la gloire de notre Nation.
C'eft de la Grece, cette Nation fi
vantée, au milieu de la férocité de
fon fiécle, que nous viennent les
premiers élémens des Arts qui ont
rapport à l'efprit ; comme c'eft de
l'Egypte que nous tirons les connoiffances des arts que nous appellons *Méchaniques*. Rome les a confervé dans l'ordre de fes fuperfti-
tions ; l'Italie les a perfectionné ; &
la France les a tous ennoblis.

Ne nous imaginons pas cependant que Rome n'ait eu pour Spectacles que ceux des Farceurs &
Hiftrions, qu'ils ne confidéroient
comme vils & abjects, que dans
l'ordre de leur vénalité, *Ludicri*,
ou que l'Eglife méprifoit à raifon
de leur obfcénité, *Ludibri* ; il y en
avoit d'autres dans cette fuperbe

Capitale du monde entier, qui n'é-
toient en aucune façon compris
fous cette Loi de l'infamie , & à
raifon de la libéralité , & à raifon
de la vertu politique de ces Spectacles.

Les Spectacles que Rome ho-
noroit , fe diftinguoient en deux
genres , tous réunis en corps nommé *Academie*, nom que la Grece
nous a tranfmis d'un de fes Philo-
fophes nommé *Academus* , qui te-
noit dans fon jardin fociété d'hommes attachés à fon genre de fcience ou de littérature ; de façon qu'A-
cadémie ou Jeux académiques ne
fignifient autre chofe qu'une fociété
d'hommes , qui fe rendent utiles à la
Nation dans le genre de fcience ou
d'Arts, qu'ils embraffent par choix
& par préférence.

Le premier de ces deux genres
en foi le plus noble & le plus re-
levé , avoit en vûe les talens de
l'efprit ; & ceux qui embraffoient

I iv

ce genre , étoient appellés *Philo-*
fophes, de façon que cette déno-
mination qui n'a en foi d'application qu'aux amateurs de la folide
vertu , fe trouve improprement ap-
pliquée à tous genres de talens de
l'efprit ; c'eft pourquoi ne foyons
point furpris de trouver honorés de
ce nom, tant de gens qui le méritent
fi peu.

Le fecond de ces genres avoit
pour but tout art , tel qu'il foit ,
& fur-tout l'Art de plier les mouvemens du corps à l'exercice militaire. Dans l'ordre de ce genre ; la
plus noble partie étoit l'exercice
militaire ; tout autre s'appelloit *Art*
méchanique ; je ne parle point de
ce genre dans l'ordre des Arts, je
n'ai en vue que le premier genre,
parce que lui feul entre dans l'ordre
de mon travail.

Les talens de l'efprit renferment
tout ce qui eft effentiellement néceffaire à communiquer aux autres les

fentimens de l'ame & leur délicateſ-
ſe; deſorte que pour former l'ordre
de cette mutuelle communication,
l'eſprit doit réunir à ſon ſecours un
certain nombre d'hommes qui ex-
cellent dans l'art de communiquer
aux autres ces ſentimens intérieurs
& leur excellence. Cette réunion
d'hommes aux talens de l'eſprit, eſt
ce que nous appellons *Corps* ou *Société académique.*

l'eſprit eſt le chef de ce corps;
mais incapable par lui-même de ſe
communiquer, tout ce qui ſert à
ce ſecours eſſentiel compoſe les
membres de ce corps; enfin l'eſprit eſt la ſource & le germe des
connoiſſances, & ce qui les com-
munique en eſt l'effet. Si l'ordre de
ces connoiſſances eſt vil, obſcene
& mépriſable, comme dans l'ordre dés pièces des Farceurs, l'effet
communicatif ou l'action repréſentative de ces Pièces eſt vile, obſcene & mépriſable. Si la cauſe eſt

ſous l'anathême de l'infamie , l'effet communicatif, ou l'action repréſentative eſt néceſſairement aſſer-
vie ſous le joug de cet anathême :
Artis Ludicræ pronuntiandive cau-
ſâ. Si au contraire , l'eſprit , ou la
cauſe produit des connoiſſances
utiles , grandes & élevées , cette
cauſe mérite nos éloges & nos hommages ; l'effet communicatif , ou
l'action repréſentative de ces connoiſſances doit donc néceſſairement participer & à ces éloges &
à ces hommages : Donc l'effet communicatif, ou l'action repréſentative des Ouvrages de ces grands
hommes , *Corneille*, *Racine*, *Cré-*
billon & *Voltaire* doit participer
au comble d'honneur , que les connoiſſances développées de ces Aca-
démiciensont ſi juſtement mérités :
car enfin , telle eſt la cauſe , tel
eſt ſon effet.

L'eſprit nullement borné dans
l'ordre de ces connoiſſances & de

les productions , ne le peut être
auffi dans les genres d'inftrumens
propres à les communiquer ; cependant nous pouvons renfermer
l'ordre des connoiffances & des productions de l'efprit, & conféquemment l'ordre de fes inftrumens utiles
à les communiquer , fous trois efpéces générales qui fe fubdivifent à
l'infini.

Les connoiffances & les productions de l'efprit fe communiquent
par l'Ecriture , par la prononciation ou la voix , & par la peinture , la fculpture & la gravure.

Les connoiffances & les productions de l'efprit qui fe communiquent par l'écriture , forment cette
Académie que nous appellons l'*A-
cadémie des Sciences & des Belles-
Lettres.*

Les connoiffances & les productions de l'efprit qui fe communiquent par la prononciation , forment cette Académie que nous

appellons *Académie des Orateurs*,
ces deux fortes d'Académies ne
forment qu'un feul & même corps
académique, quoique divifés quelquefois entre ces deux genres
d'écrire & de communiquer, &
entre les connoiffances & les productions de chacun de ces genres.

Les connoiffances & les productions de l'efprit qui fe communiquent par la peinture, la fculpture & la gravure, forment cette
Académie, que nous appellons
Académies des Arts.

Si je développe cette differtation
de connoiffances académiques
dans cet ordre Métaphyfique que
j'expofe; que l'on ne s'imagine pas
que ce foit à titre d'érudition qui
feroit à tous égards fort déplacée
dans un Ouvrage purement léga-
le. Que l'on fçache au contraire,
que cette Differtation a pour point
de vûe d'expofer la grandeur, la
nobleffe & les véritables principes

᠎ la Légiſlation dans cet ordre
᠎ diſtinction que la Loi fait entre
᠎s Spectacles des Farceurs & des
᠎ſtrions , qu’elle condamne ſeu-
᠎ment à la peine de l’infamie , con-
᠎ointement avec les Auteurs de
᠎urs Pièces; & ceux purement a-
᠎démiques de la Comédie Fran-
᠎ſe. C’eſt dans l’ordre de la na-
᠎re des choſes , & non dans celui
᠎n aveugle préjugé que la Loi
᠎e la force & la beauté de la ſa-
᠎ſſe de ſes déciſions. Je continue
᠎onc cette Diſſertation métaphy-
᠎ue dans l’ordre de la Loi, & je
᠎s :

᠎L’ame eſt ſans contredit la plus
᠎oble portion de nous-mêmes ; elle
᠎t, par ſa nature , connoiſſance &
᠎nour; l’eſprit qui eſt une de ſes
᠎cultés, développe à l’homme l’or-
᠎e de ſes connoiſſances; les inſtru-
᠎ens dont l’eſprit ſe ſert pour les
᠎mmuniquer aux autres , doivent
᠎nc tous participer à cette no-

bleſſe de l'ame. C'eſt auſſi ſur e
grand principe métaphyſique, qu
les Gouvernemens ſages & polio
n'ont ceſſé d'ennoblir aux yeux d
Nations tous ces inſtrumens pra
pres à communiquer aux autres l
connoiſſances grandes & utiles, qu
l'ame d'un ſeul conçoit & que l'e
prit lui développe. C'eſt auſſi à ra
ſon de cette ſageſſe des Loix co
ſtitutives de la France, que cet Et
a dû élever & conſerver dans o
ordre d'illuſtration , ces Sociét
d'hommes réunis dans cette éte
due de connoiſſance , ſous le ti
de *Corps académique* ; Corps q
nous voyons répondre avec tant e
ſuccès à l'honneur que la Nation l
défere , en reconnoiſſance de cel
dont ces grands hommes ne ceſſe
de l'illuſtrer.

Si dans cet ordre académiqu
l'Académie des Sciences & celle d
Belles-Lettres tiennent le prem
rang ; c'eſt que ces Académies ſo

a fource & le germe des Académies des Arts ; c'eſt que ces Académies ſont le chef & la tête des Académies des Arts; c'eſt enfin, parce que cette Académie des Arts ne renferme que les membres qui ſervent à communiquer aux autres les connoiſſances & les productions de celle des Siences & Belles-Lettres.

Si l'Hiſtoire ne nous eût point retracé les actions d'Alexandre, ce nom ſi reſpecté ſeroit confondu avec les cendres du plus vil des Mortels. C'eſt donc à raiſon de l'Hiſtoire d'Alexandre écrite, que l'Académie des Arts nous repréſente les actions d'Alexandre par la peinture, par le cizeau & par la repréſentation ſur nos Spectacles, que nous appellons *prononciation*.

Mais parmi l'ordre de ces différens membres de ce Corps académique, le plus noble d'entr'eux eſt ſans contredit celui qui ſe trou-

ve le plus analogue & à l'efprit &
aux fentimens du cœur.

L'Hiftoire écrite n'attaque que
très-foiblement les organes de
notre mémoire qui nous repro-
duit méchaniquement quelque foi-
ble fouvenir de ce qu'elle nous
a tranfmis. La gravure, la peinture, n'attaquent encore que foi-
blement les organes de nos fens;
ce qui nous frappe même davantage dans l'ordre de ces ouvrages, eft
la dextérité de l'Ouvrier, ou l'ha-
bileté de fon induftrie : voilà ce qui
nous en refte. D'ailleurs ces Arts,
tous beaux qu'ils foient, ne font
d'impreffion que fur ceux qui fça-
vent, ou lire, ou réfléchir fur la
beauté des ouvrages que l'Artifte lui
préfente.

Mais l'Art de la prononciation,
en fe faififfant des organes des fens,
comme moyens, s'empare du cœur
d'un chacun, & lui grave diftin-
ctement les mêmes fentimens dont

il

il eſt lui-même pénétré. Cet Art eſt donc, de tous les membres du Corps académique, le plus noble, puiſqu'il eſt plus analogue à l'eſprit & aux ſentimens du cœur.

L'Art de la prononciation eſt ſuſceptible des ſentimens d'un chacun ; parce que l'homme le plus ignorant, eſt ſuſceptible de l'impreſſion des ſentimens du plus ſçavant ; l'homme le plus vil à nos yeux, eſt ſuſceptible de l'impreſſion des ſentimens du plus noble, parce que dans tous l'ame eſt égale dans l'ordre de ſon eſſence ; d'ailleurs, la beauté & la force de la prononciation ſe diverſifient en mille manières pour porter dans le cœur de chacun l'ordre des connoiſſances de l'eſprit, ce que ne peut point l'ordre des autres Arts méchaniques.

Si la prononciation n'a en vue que de communiquer de ſimples réflexions, l'Art de la prononcia-

K

tion eſt ſimple & toujours à la portée de ceux auſquels elle adreſſe ces
mêmes réflexions. Tel eſt cet Art
de la prononciation , que le plus
ſimple emploie dans le commerce
ordinaire de la Société.

Si la prononciation a en vue de
convaincre & de perſuader , ce
genre de prononcer eſt fort, grave,
majeſtueux , & toujours à la portée
de ceux qu'elle prétend convaincre & perſuader ; ce genre appartient ſpécialement à la Chaire ,
au Barreau & aux Diſcours ora-
toires.

Si enfin la prononciation a pour
but de nous communiquer l'ordre
d'une action ou d'une hiſtoire , il
faut néceſſairement en perſonifier
les Sujets , & conſéquemment admettre un concours de pluſieurs
perſonnes qui nous repréſentent
cet ordre d'actions , cet ordre d'hi-
ſtoires que l'on ſe propoſe de nous
communiquer dans toute ſon éten-

, due;auffi ce genre a-t-il rapport aux
fpectacles de la Comédie Françoife.

Une action grande & multipliée
comme la mort d'un Pompée qui
émeut l'ame & la pénétre prefque
fucceffivement d'indignation , de
trifteffe , d'horreur , de grandeur ,
de nobleffe & de dignité ; une telle
action , pour nous être repréfentée
fous tous ces dehors , doit emprun-
ter le fecours de différentes perfonnes qui nous repréfentent réellement l'ordre d'une telle action ;
c'eft auffi l'affemblée de ces différentes perfonnes que nous appellons *fpectacles académiques*. Nous
les appellons fpectacles , parce que
la prononciation ou la repréfentation a lieu au milieu & à la vue de la
nation. Nous les appellons fpectacles académiques , parce que ces
perfonnes font les membres de l'efprit de cet Académicien , qui a formé le plan de la repréfentation.

Ces fpectacles académiques dans
nos mœurs ont ordinairement trois
fortes de genres , dont l'ordre de
la prononciation eft différente.

Le premier genre confifte à nous
repréfenter des faits graves , nobles,
majeftueux & fufceptibles de toutes les impreffions grandes & élevées des fentimens du cœur ;
ce genre eft plus fpécialement le
genre des Tragédies. Un tel genre
eft fans contredit le genre le plus
noble de la Comédie Françoife.

Le fecond genre confifte à nous
repréfenter des actions plus fufceptibles des fenfations que nous
réduifons dans l'ordre des repréfentations des mœurs ridicules
du fiécle , dans le deffein que
ce ridicule développé nous faffe
éviter celui de les admettre dans
nos mœurs perfonnelles. Tel eft
le genre de ces piéces du grand
Moliere , tel eft le genre de ces
piéces du *Joueur* , du *Glorieux* ,

& celui qui eſt tout récent des *mœurs du temps*. Ces genres de vices & de défauts repréſentés , ne ſont-ils pas capables de détourner l'homme ſenſé de pareilles mœurs par l'objet du ridicule dont on les montre réellement couverts. Ne croyons point aux apparences du Spectateur ; tel qui ſort de ces Spectacles l'eſprit offenſé , affecte d'en rire , autre ſurcroît de ridicule de ſa part. Tel qui s'y voit à découvert s'écrie à l'impoſture & ſe plaint d'être perſonifié ; tel eſt auſſi cet effet de l'amour-propre qui pénétré de la cenſure & du blâme, ou plutôt du ridicule qu'on vient de lui expoſer, combat contre lui-même. Quel comble d'éloges ne mérite donc pas l'Art de la prononciation dans la bouche de nos Acteurs & de nos actrices, puiſque cet art ſe fait jour dans le cœur du coupable , malgré les reſſorts adroits & violens de ſon amour-propre.

Le troifiéme genre de Spectacles
eft celui de l'Opéra ; ce genre eft
tout-à-fait différent des deux premiers ; c'eft un Art mixte, mais qui
eft tout mécanique , foit dans l'ordre de la prononciation , foit dans
l'ordre de fes repréfentations. Ce
genre ne tend nullement à développer les connoiffances de l'efprit
& du cœur ; la prononciation confifte dans une certaine fléxibilité
de prononcer affervie à des notes
auftères ; c'eft un art de prononcer
qui n'entraîne ni mœurs à corriger , ni connoiffances à acquérir ;
le vrai ne lui convient point, la
fable , la fiction la plus inutile,
font feules de fon reffort. Enfin ce
genre de prononcer eft à la voix
naturelle, ce que la danfe eft dans
l'ordre de marcher. Cependant cet
Art eft mis au rang d'académie , &
a été fort recherché de toutes les
Nations policées. La Mufique a cela de propre de s'emparer de nos

ſenſations & de les étourdir de façon qu'elle empêche l'effet des ſentimens de l'eſprit & des affections
de l'ame. Auſſi l'Opéra a-t-il beſoin
de ces décorations & de ces machines pour repréſenter aux yeux
ce qu'elle prononce aux oreilles.
Auſſi l'avons-nous déja dit , ce
Spectacle eſt un pur Art mécanique que l'on peut aſſimiler à la
danſe avec laquelle elle a une intime rélation. Si , préſent à ces Spectacles, on ne s'attache qu'à la muſique , l'ordre de l'action repréſen-
tée nous eſt indifférente ; ſi au contraire on s'attache à l'action , comme cette action nous eſt préſente
dans l'ordre de ſes décorations &
de ſes machines , la Muſique nous
devient indifférente à ſon tour. Je
prends pour juge de ce ſentiment ,
ces Spectateurs d'habitude , qui ſe
diſputent en ſortant, non ſur l'ordre
de l'action , mais ſur la Muſique , ſur
la cadence , & ſur l'auſtérité des

notes qui ont dirigé la prononciation.

Tout se passe au contraire dans
l'ordre de nos spectacles de la Comédie Françoise. Un Spectateur
n'eût-il de libre que les organes de
l'ouïe , qu'il ouvre son cœur ! les
faits lui sont aussi présens ; le détail des faits qu'on lui représente
est même plus distinct à son ame que
s'il les voyoit de ses propres yeux ;
détaché de ce concours d'arts méchaniques qui n'attaquent que les
sens , il saisit sur le champ , par les
propres sentimens de son ame , l'é-
tendue des connoissances & des
différens mouvemens intérieurs
qu'on lui présente.

J'avoue que je passe peut-être
ici les bornes de mon état ; mais
est-il défendu à un Jurisconsulte de
s'initier dans l'Art académique , &
de faire partie de sa société ; sur-
tout quand il trouve une occasion
favorable à la matière qu'il traite
de

» de joindre ces deux connoiſſances
« enſemble : car, plus je développerai
[la beauté de l'Art académique de
[la prononciation , plus les princi-
[pes de ma thèſe ſeront conſtans ;
» que ſous ce point de vûe , on me
» permette donc de dire mon ſen-
» timent & de finir.

On ne voit point que du temps
des Romains on ait inventé l'art
tragique ; cette Nation barbare &
tragique par elle-même devoit au
contraire fournir matière aux Tra-
gedies des Nations qui devoient
les anéantir. Ce peuple né pour la
déſolation des autres & la deſtru-
ction de lui-même, n'avoit en genre tragique, que ces Spectacles toujours enſanglantés de ſes Gladiateurs. Nos Peres les Germains moins
féroces cependant, n'avoient pour
tout genre de Spectacles, que la
ſociété de jeunes gens qui ſau-
toient & danſoient nuds ſur des
monceaux d'épées & de lances à
découvert.　　　　L

Il y a cependant eu quelques Auteurs Romains qui nous ont donné
une idée du genre tragique ; idée
qui n'a eu aucune fuite dans une
Nation auffi barbare ; de forte que
fans les anciens Grecs, l'on pourroit dire avec juftice, que la France
a inventé cet Art tragique, que Corneille nous a réuni fous ces régles
charmantes de l'ordre & de la décence poetique, qui forme le caractère principal de la Nation.

Auffi, en héritant du genre tragique, inventé chez les Grecs,
nous avons prétendu fuccéder à ce
ton d'*aménité*, que cette Nation a
fçu fe conferver dans fes mœurs
politiques, au centre des Nations
les plus barbares ; & fur-tout affer-
vir la politeffe des expreffions à la
décence de nos fentimens, que les
Grecs ne confervoient pas toujours ; leurs Spectacles tragiques
s'adreffoient fouvent aux fens, &
confondoient, dans le cours impé-

tueux de leurs mouvemens, les
réfléxions de l'efprit & les fentimens du cœur. Ils raffembloient
ce tendre lafcif de leurs expreffions avec le carnage & l'horreur
des profcriptions ; de forte que la
vûe d'une action réelle repréfentée fur leur théâtre devenoit un
mécanifme d'indécence & de bar-
barie. Prenons à témoin leurs Pa-
nathénées , leurs Bachanales &
leurs Fêtes facrées d'Éleufis. Pour
donner lieu à de tels Spectacles
parmi nous ; c'eft de mœurs qu'il
faut changer & non point de langage.

L'Angleterre plus difficile à
émouvoir que l'ancienne Grece ,
ou dont les fentimens tiennent encore de la première rudeffe de
leurs infulaires, conferve dans l'ordre de fes Spectacles tragiques la
véhémence des expreffions, & le
Barbare dans l'ordre des actions
qu'ils repréfentent ; leur pronon-

ciation dure & forcée exprime la
douleur par des cris aigus ; & celle
qui répand la joie enfante un en-
thoufiafme de délire ; leur comi-
que reffemble encore à celui des
Farceurs & Hiftrions ; auffi cette
Nation a-t-elle befoin, pour repréfenter la Mort de Pompée, que
les flottes voguent fur les ondes ;
que les vaiffeaux s'accrochent ; que
l'on voie l'ordre des combats ; que
leur théâtre foit jonché des débris
de leurs épées ; que le cri des
mourans fe faffe entendre ; que le
frémiffement & l'horreur les épou-
vante ; que Pompée foit vû pour-
fuivi dans fa fuite ; que le traître
s'approche ; que la tête de ce grand
homme, détachée de fon tronc,
foit portée enfanglantée dans l'ur-
ne de fa chere Cornélie ; que Céfar arrive, & que Cléopatre foit
vengée. La feule vue d'un tel Spectacle n'a pas befoin de l'art de la
prononciation ; l'expreffion même

eſt fort inutile , puiſque le Spectateur eſt dans l'inſtant confondu par
le ſeul appareil de tant d'horreurs,
au milieu des mouvemens tumul-
tueux de fureur , de rage , & de
tant de différentes paſſions qui jet-
tent dans ſon cœur un ſi prodi-
gieux déſordre , que rien n'agit en
lui que le mécaniſme des ſenſations.

Quelle différence dans nos mœurs !
l'action nous ſaiſit par les ſeules connoiſſances que l'eſprit adreſſe à l'eſprit ; notre émotion douce & tranquille nous renvoie ſans ceſſe aux
ſentimens du cœur ; nous les apprétions ! ils nous deviennent propres
par le ſeul art de la prononciation.
Ce ſont les Dieux, nous dit cet Acteur , qui ont diſpoſé du ſort du
grand Pompée ; le Spectateur at-
tentif à cet ordre ſacré, n'a plus recours à la fureur pour ſe venger.

Le deſtin ſe déclare & nous venons d'entendre
Ce qu'il a décidé du beau-père & du gendre.

L iij

Nous voyons déja ce lieu ſi fatal à Pompée, ſans avoir recours à
des objets étrangers.

Quand les Dieux irrités ſembloient ſe partager
Pharſale a décidé ce qu'ils n'oſoient juger.

Une réalité d'actions eſt inutile à
nos yeux, l'art de la prononciation nous les expoſe ſur le champ.

Ses fleuves teints de ſang & rendus plus rapides
Par le débordement de tant de parricides,
Cet horrible débris d'aigles, d'armes, de chars
Sur ces champs empeſtés confuſément épars,
Ces montagnes de morts privés d'honneurs ſuprêmes
Que la nature force à ſe venger eux-mêmes,
Et dont les troncs pouris exhalent dans les vents
De quoi faire la guerre au reſte des vivans, &c.

De quels ſentimens de pitié, de
douleur, de pareilles expreſſions
conduites juſqu'à notre cœur par le
ſeul art de la prononciation, ne nous
pénétrent-elles point ? Tout nous
repréſente cet ordre de combats
parricides, cet acharnement de
deux partis rivaux ; nous enviſa-
geons, nous apprétions l'horreur
de leurs armes, de leur vengeance

& de leurs deſtinées ; enfin nos ſenſations dégagées de la vue de ces
monſtres affreux , laiſſent à l'ame la
liberté de ſes réfléxions. L'Anglois
jouit d'un Spectacle d'horreur , pendant que nous jouiſſons des ſentimens du cœur avec une entière indépendance.

Achorée, ce confident de Pompée, & le témoin oculaire de la mort
d'un ſi grand homme paroît , qui
détournant notre vue d'un objet ſi
effrayant, ſemble oublier le coup fatal qui l'a ravi au jour , pour ne nous
occuper que de la grandeur des ſentimens qui l'ont conduit au ſacrifice.

D'un des pans de ſa robe il couvre ſon viſage
A ſon mauvais deſtin en aveugle obéit ,
Et dédaigne de voir le Ciel qui le trahit ;
De peur que d'un coup d'œil contre une telle offenſe ,
Il ne ſemble implorer le Ciel ou ſa vengeance ;
Aucun gémiſſement à ſon cœur échappé
Ne le montre en mourant digne d'être frappé ;
Immobile à leurs coups, en lui-même il rappelle ,
Ce qu'eut de beau ſa vie & ce qu'on dira d'elle ,
Et tient la trahiſon que le Roi leur preſcrit ,
Trop au-deſſous de lui pour y prêter l'Eſprit.

L iv

Sa vertu dans leur crime , augmente ainfi fon luftre;
Et fon dernier foupir eft un foupir illuftre ;
Qui de cette grande ame achevant les deftins
Etale tout Pompée aux yeux des affaffins.

Quelles fuperbes expreffions nous repréfentent l'ame de Pompée, au moment qu'il va ceffer de vivre ! Qui regardera la mort de Pompée comme affreufe avec les fentimens que ces expreffions nous impriment ! Que Pompée meure, l'horreur de fa mort ne nous enleve rien de cette élévation intérieure de grandeur & de nobleffe dont nous fommes pénétrés ; la pitié fait couler nos larmes , & la fureur fe dérobe à nos fentimens. Pompée expiré vit dans nous , & ne peut jamais mourir. Auffi la mort de Pompée fe retrace à notre efprit dans un état tranquille ; & l'Acteur, de peur de nous détourner de ces fentimens nobles qu'il vient de nous infpirer, nous annonce tranquillement cette mort à laquelle il vient de nous préparer.

Sur les bords de l'esquif sa tête enfin penchée ;
Pour le traître Septime indignement tranchée,
Passe au bout d'une lance en la main d'Achillas,
Ainsi qu'un grand trophée après de grands combats,
On descend & pour comble d'avantures,
On donne à ce Héros la mer pour sépulture ;
Et le tronc sur ses flots roule dorénavant,
Au gré de la fortune & de l'onde & du vent.

Avouons-le , l'art de la prononciation dans nos mœurs qui se faisit des lumières de notre esprit , qui donne une libre carrière aux sentimens de notre cœur ; qui , dis-je , les développe , & qui en nous dérobant l'horreur des passions barbares , nous rend précieux l'instant fatal qui tranche le cours d'une vie si glorieuse ; avouons-le , cet art de la prononciation qui enchaîne nos sens & le désordre de nos passions , est un art qui participe à la grandeur & à la noblesse de l'ame ; l'être le plus précieux & le seul participant de celui de la Divinité.

Cependant quand je parle de ce dénuement d'ordre d'actions réel-

les dans l'ordre de nos fpectacles de
la Comédie Françoife, je ne prétends point enlever aux fens, ces décorations, que ces Spectacles peuvent quelquefois nous offrir d'extérieurement compatibles avec les
fituations d'actions, que les Acteurs
font obligés de repréfenter ; je prétends feulement enlever toutes ces
décorations d'horreur, de meurtre
& de carnage, ces férocités, ces
barbaries, dont nous fommes à jufte
titre les ennemis décidés.

Nous fçavons qu'un Pompée fu-
gitif ne peut paroître comme
Pompée à la tête de fes fougueu-
fes légions ; il eft auffi grand &
même plus grand par les fentimens du cœur en offrant fa tête
à fon oppreffeur , qu'au milieu de
fes victoires ; mais Pompée fugi-
tif eft un homme abandonné, pro-
fcrit ; l'appareil qui l'environne
doit frapper nos fens de cet extérieur de trifteffe que l'Acteur

nous fait déja éprouver. Enfin je
ne prétends point dénuer nos Spectacles de cet appareil extérieur
de tristesse de la part d'une ver-
tueuse *Almaïde* condamnée, & de
douleur de la part de *Tancrede*
qu'une aveugle prévention préci-
pite au tombeau, expirant entre les
bras d'une épouse justifiée. Je prétends seulement enlever cet ordre
extérieur de férocité, de tumul-
te, d'horreur & de la vue de ces
odieuses passions que nous présente la Tragédie de *Calliste* dans
l'ordre de ces fureurs extravagan-
tes, à tous égards incompatibles
avec la décence de nos mœurs, &
capables de faire périr en nous ces
sentimens que l'art de la prononciation de nos célébres Acteurs
a le droit de nous inspirer ; ainsi
tout ce que j'avance à cet égard
consiste, à ce que les traits de cet
ordre extérieur suivent à pas égal
cette douce impression des senti-

mens qui attache nos fens à la
pofition de nos réflexions , mais
qui ne les domine jamais. A cet
égard,laiffons à M. de *Voltaire* le foin
d'ordonner de cet heureux mêlan-
ge , & à Mademoifelle Clair***
l'art incomparable de nous en développer les nuances.

Faifons des principes qui conftituent l'effence & la nature de
nos Comédies, une jufte application
à la Loi de l'infamie portée contre
les Farceurs , les Hiftrions & les
Auteurs de leurs Piéces , & déci-
dons avec difcernement du fort
des uns & des autres.

CONSÉQUENCES
des principes ci-deffus.

1°. A confidérer la nature de
Farces & celle de la Comédie Françoife , il n'y a aucune rélation , aucune analogie; les traces de ces farces nous font encore préfentes, elles
ont lieu fur nos boullevards, & aux

lfoires faint Germain & faint Laurent; on peut donc apprétier cette
intime différence, & convenir de
cette première conféquence.

2°. A confidérer l'origine des Farces & celle de la Comédie Françoife, il n'y a aucune rélation, aucune analogie ; les unes nous viennent de l'antique Rome , la Comédie Françoife eft née fous nos
yeux , nous en déveloperons l'origine & les progrès dans la fuite.

3°. Les peines de la Loi ne s'é-
tendent jamais d'un cas à un autre ; c'eft un principe de Droit conftant & immuable ; autrement ce
feroit fe rendre Légiflateur. Or,
dans l'ordre de la peine d'infamie , prononcée par la Loi contre les Farceurs , Hiftrions & les
Auteurs de leurs Piéces , cette
peine n'eft affectée qu'à eux feuls ;
ce feroit donc fe rendre Légiflateur , que de condamner à cette
peine les Acteurs de notre Co-

médie Françoise & les Auteurs de
leurs Piéces ; fentiment que la Loi
elle-même répudie , n'ayant eu en
foi aucune intention de condamner
ces derniers à la même peine ,
puifque ces derniers n'exiftoient
point pour lors.

4° L'effet , fuite néceffaire de la
caufe , doit inhérément participer
à la nature de la caufe, avons-nous
encore précédemment dit. Les Auteurs des farces étoient infames par
la Loi, ceux qui les repréfentoient
étoient, à titre d'effet , fujets à la
même peine. Les Auteurs de nos
piéces théâtrales font illuftrés dans
la fociété , & font membres de
cette célébre Académie Françoife : l'effet, où les Acteurs repré-
fentatifs doivent donc participer
au même dégré , je ne dis pas per-
fonnellement , mais le corps entier
des repréfentans doit donc participer à ce même honneur. Auffi
l'Académie Françoife fe fait-elle

un mérite d'applaudir au leur ,
comme je le développerai dans un
inftant.

5°. Il n'y a aucune Loi, aucun
Jugement qui ait porté cette peine contre les Acteurs de notre Comédie Françoife ; quel eft donc
l'homme affez téméraire, que de
s'ériger en Légiflateur contre eux?
Sur-tout quand on prouvera plus
bas que l'origine de la Comédie Françoife , ainfi que fon éta-
bliffement actuel en forme de fociété , font enregiftrés au Parlement, & avec les droits & priviléges de Citoyen, & avec la confervation des titres de nobleffe ,
dont quelques-uns d'entr'eux ont
été ou font encore revêtus.

Tirons enfin une dernière conféquence analogue à notre queftion fur l'Excommunication.

1°. Si la Loi de l'infamie ne porte point la peine de l'Excommunication , nul ne peut ajouter à la

Loi , & nul conféquemment ne
peut l'infliger , fans prétendre s'arroger l'autorité légiflative. Or , jamais de fait & de droit dans l'Empire Romain les Farceurs & Hiftrions n'ont été fujets à la peine
de l'Excommunication ; à préfent
même , au milieu des débris de ce
fameux Empire , en Italie , en
Allemagne , &c , jamais on n'a en-
tendu parler de cette peine à leur
égard. Comment donc vouloir at-
tenter avec mépris contre la liberté citoyenne de nos Acteurs de
la Comédie Françoife , qui font établis avec tous les droits de Citoyen ;
& contre lefquels il n'y a aucune
peine d'infligée.

2° Le Citoyen une fois puni à
raifon de fon délit ne le peut être
deux fois , comment donc admettre contre les Farceurs une double
peine , & encore de la part de
gens qui n'ont aucune autorité lé-
gale fur eux.

3°. Nous

3°. Nous avons précédemment dit d'après le Droit Canonique, qu'aucun Evêque, aucun Prêtre n'avoit & non auroit le droit d'excommunier, qu'après trois monitions bien libellées, contenant la caufe, la Loi & la peine de l'Excommunication ; or, nous avons démontré que de la part de l'Eglife il n'y avoit aucune Loi contre les Farceurs. Nous avons dit encore qu'il falloit que ces monitions fuffent fuivies de fentences ; or , nous n'en voyons aucune contre les Farceurs. Comment peut-il y en avoir contre les Acteurs de la Comédie Françoife ? Nous avons dit qu'en France, il faut que les Canons aient reçùs le caractère de publicité pour avoir lieu contre le Citoyen ; l'Eglife de France ne peut repréfenter contre eux aucune de ces Loix publiques. Nous avons dit enfin qu'en France la Sentence du Juge Eccléfiaftique devoit être confirmée

M

par les Loix & les décifions de la
Nation par l'appel comme d'abus
aux Parlemens ; comment le Parlement de Paris pourroit-il fouffrir
une infraction à ces enregiftremens
des droits du Citoyen ? Il paroît
donc impoffible de toute impoffi-
bilité d'admettre contre la Comédie Françoife, une Excommunication, dont la Nation s'eft rendue
garante à fon égard.

Pour affurer davantage la fo-
lidité de ces conféquences & donner lieu de produire un fentiment définitif à cet égard, il eft
intéreffant de confidérer la Comédie Françòife & dans l'ordre
de la fociété, & dans celui du
rang que lui donnent le Souverain, la Nation & l'Eglife de
France elle-même. C'eft-à-dire,
qu'il eft intéreffant de confidérer
la Comédie Françoife, & dans
l'ordre de la fociété, & dans l'ordre des mœurs politiques du Gouvernement.

De la Comedie Françoise
dans l'ordre de la Société.

C'est toujours avec la plus extrême délicatesse qu'on doit, ou combattre les sentimens de la société, ou s'opposer à ses préjugés. D'ailleurs la rigidité des mœurs de nos pères les Germains a fondé avec justice des impressions si sérieuses, qu'il me seroit indécent de ne les pas respecter.

La société dans l'ordre de ses mœurs politiques, dépend ordinairement des usages reçus, il seroit même singulier de se conduire autrement. Dans ses mœurs personnels au contraire, la société ne consulte que les affections de son cœur & les lumières de ses connoissances, parce qu'à cet égard elle est très-libre & très-indépendante.

Aussi dans l'ordre-politique, je ne pense pas qu'aucun membre de

la Société ne se rende aux principes dont je viens de développer la
force & l'étendue. Conséquemment
la Société ne peut livrer cet Art
académique de la Comédie Françoise à la peine de l'infamie, à
laquelle sont condamnés les Farceurs, Histrions & les Auteurs de
leurs Piéces ; encore moins insister
sur cette peine odieuse & indécen-
te à tous égards qui les livre à l'Excommunication, à laquelle les Farceurs & Histrions n'ont jamais été
livrés, ni par la Loi de la Nation,
ni par les décisions de l'Eglise ; enfin je ne pense pas que la société
sage, sensée & éclairée donne aux
Ministres de l'Eglise une étendue
d'exercice de pouvoir qu'ils n'ont
point, & qui tend à détruire nos
Constitutions, nos Loix, nos usages, nos maximes & nos précieuses
libertés, dont l'infraction porteroit
un contre-coup affligeant contre
cette même Société.

Cependant la Société ne répudie pas moins de fon fein cette Société de la Comédie Françoife,
tout académique qu'elle la confidere, à raifon de ce qu'elle prétend qu'il y a dans l'ordre de fes
mœurs perfonnelles des regles ftri-
ctes & auftères qui ne dépendent
point des mœurs politiques de la
Nation, regles infpirées à titre de
la rigidité des mœurs de nos anciens Pères les Germains, dont
l'impreffion ne peut jamais s'effacer!
Qu'ainfi, quand la Société de la
Comédie Françoife feroit un Art
académique, que cet Art ne feroit
nullement fujet à la peine de l'infamie, encore moins fujet à celle
de l'Excommunication ; qu'enfin,
quand cette Société feroit compofée de membres ufans & jouiffans
des droits de Citoyen ; néanmoins
à raifon de la liberté de leurs mœurs
perfonnelles qui font indépendan-
tes, la Société de la Nation ne

les répudiera pas moins de fon fein , à caufe de l'impreffion de l'état de Comédiens , & de leurs mœurs perfonnelles.

Ce fentiment fage & plein de fens ne peut que mériter nos éloges ; mais il demande à être développé. Deux raifons femblent autorifer le fentiment de la Société ; les mœurs perfonnelles des Acteurs & Actrices de la Comédie Françoife d'une part, & leur état d'Acteurs d'autre part.

Relativement aux mœurs perfonnelles des Acteurs & Actrices de la Comédie Françoife, en fuppofant dans tous une conduite irrégulière & même fcandaleufe , la Société eft jufte à cet égard ; mais, dans ce fens l'infamie d'une telle conduite rejaillit fur tous ceux & celles de la Nation qui en mènent une femblable ; ce fentiment eft gravé dans le cœur de la Société , à titre de l'impreffion de la rigidité des mœurs

» de nos Pères les Germains que Ta-
» cite nous décrit d'une façon bien
» admirable : *Publicatæ enim pudici-*
» *tiæ , nulla venia ; non ætate , non*
» *formâ , non opibus maritum invene-*
» *rit ; nemo illic vitia ridet , nec cor-*
» *rumpere nec corrumpi feculum voca-*
» *tur.* Quand une fille fe déshonore ,
ni jeuneffe , ni beauté , ni richeffes
ne lui feront point trouver d'alliance ; car on ne plaifante point
fur le vice chez (nos pères) les
Germains , & on ne l'excufe point
fous le prétexte des mœurs du fiécle.

Mais auffi, convenons que ces ta-
ches vraiment deshonorantes n'em-
pêchent point, & ne peuvent même empêcher que ces filles fe ma-
rient avec qui voudra les recevoir,
& qu'elles n'éprouvent & ne peuvent éprouver la peine & de l'infamie de la Loi & de celle de l'Excommunication.

Quelque impreffion que la So-

ciété ait reçûe à l'égard de ces ta-
ches deshonorantes ; la Société
voit souvent de telles alliances ;
une fille dans ce cas, belle ou ri-
che, manque peu de concurrens.
A cet égard, je l'avouerai, cette
conduite de la Société paroît bien
extraordinaire, puisqu'elle est contradictoire à cette impression sage
& bien réglée qui lui fait rejetter
à ce titre les mœurs de la Comédie.

Mais le corps de cette Société
d'Acteurs & Actrices n'est-il composé que de membres deshonorés à
titre d'une conduite scandaleuse ?
non certes, je m'en rapporte au sentiment de la Société que je ne fais
ici qu'extraire.

La plûpart sont mariés entre-
eux, & vivent en bons pères de famille ; ils donnent des Sujets à l'E-
tat & des Citoyens à la Patrie, qui
entrent dans les états de la Société,
& en font des membres utiles.

D'autres mènent une conduite
non

non deshonorante , mais irrégulière ; en ce que, ne pouvant s'allier dans la Nation qui les rejette, ils
vivent en concubinage avec celui
qu'elles aiment & qu'elles ne peuvent épouser sans le consentement
des familles. Ce concubinage étoit
autorisé chez les Romains & dans
les premiers siécles de l'Eglise , qui
reconnoissoient valide deux sortes
d'unions, l'une formée suivant les
Loix, & celle-ci s'appelloit *Maria-*
ge ; l'autre formée par une alliance
sympathique & une commune habi-
tation ; celle-ci s'appelloit *Concubi-*
nage ; c'est ainsi que Thomassin nous
le démontre d'après la distinction
des Loix & du sentiment de l'Eglise ; ce concubinage est encore toléré
dans nos mœurs, puisque quelquefois on accorde des pensions ali-
mentaires à la veuve & aux enfans
après la mort de leur père.

S'il y en a qui mènent une conduite scandaleuse, à la bonne heu-

N

re ; que ceux-là foient rejettés ; mais
il fera vrai de dire, qu'il y a un choix
à faire dans cette Société, comme
on doit en faire un dans l'ordre de
la Société en général, & qu'il ne faut
pas confondre le fcandale avec la
bonne conduite, ni avec les mœurs
feulement irrégulières.

Puifque nous avons commencé
à parler de la rigidité des mœurs
de nos pères les Germains, fuivons
certains traits qui nous les carac-
térifent, & dont nous éprouvons
cependant le contraire dans l'ordre
des mœurs actuelles, malgré l'oppo-
fition de nos impreffions.

Tacite nous apprend au même
endroit, qu'une fille ou un homme étoit deshonoré, à titre feulement d'une conduite indifcrete ;
ni les hommes ni les filles ne con-
noiffent, dit-il, l'art des intrigues :
Litterarum fecreta viri pariter ac
fœminæ ignorant. Rien de plus rare
que l'adultere : *Pauciffima in tam*
numerofâ gente adulteria. Dans quel-

ques Cités de la Germanie, on ne
connoiſſoit point de ſecondes nôces ; une fille prend un mari ſans
eſpoir d'en changer, non plus que
de corps & d'ame ; elle doit con-
centrer dans lui ſes affections, ſes
projets & ſes déſirs, comme s'il
étoit le ſeul dans l'Univers ; c'eſt
l'union qu'elles recherchent, &
non un mari : *Melius quidem eæ*
Civitates tantùm virgines nubunt,
& cum ſpe, votoque, uxoris ſemel
tranſigitur ; ſic unum accipiunt ma-
ritum, quomodo unum corpus, u-
namque vitam, ne ulla cogitatio
ultrà, ne longior cupiditas, ne tan-
quam maritum ſeu matrimonium a-
ment. C'eſt de cette conduite, que
quelques Canons de l'Egliſe de
France ont pris droit de défendre les ſecondes nôces. Enfin,
finit Tacite, c'eſt une abomina-
tion de ne vouloir qu'un certain
nombre d'enfans, & les bonnes
mœurs ont plus de pouvoir chez

ces Peuples barbares, que n'en ont
les Loix fur les Peuples policés :
Numerum liberorum finire . . . . fla-
gitium habetur , plufque ibi mores
valent , quàm alibi bonæ Leges.

L'impreffion de ces fentimens
facrés nous eft familière ; mais , je
le demande , nos mœurs actuelles
font-elles d'accord avec çette impreffion ?

De ces mœurs de l'antiquité de
nos pères , defcendons à celles des
Romains , & examinons fi nous
admettons au rang de l'infamie ,
celles que leurs Loix y condam-
noient.

La Loi de l'infamie condamne
à cette même peine les Ufuriers ;
par ce terme, on entend tous ceux
qui fe font gloire de cet art fpé-
culatif de faire valoir fon argent ;
nos Loix font févères à ce fujet ;
cependant le cours rapide d'une
telle conduite a fait taire dans nos
mœurs , & l'infamie des Loix Ro-

maines , & la févérité des nôtres.

Cette même Loi comprend dans
fon texte, les raviffeurs du bien
d'autrui , les calomniateurs , les
faux-témoins , &c. Notre Loi eſt
févère à cet égard ; mais les pré-
textes & les confidérations mépri-
fent, & l'infamie des Loix Romaines & la févérité des nòtres.

Cette même Loi comprend dans
fa difpofition , toutes les femmes
qui fe remarient avant l'année du
deuil ; nos Loix font exactes & les
privent de leur douaire & autres
avantages coutumiers ou contra-
ctuels. Notre ufage contraire ne
deshonore & n'enleve à aucune
femme, ni fa réputation , ni fon
honneur.

Concluons de ceci, que les A-
teurs & Actrices de la Comédie
Françoife, relativement aux mœurs
perfonnelles , ne font exclus du
fein de la Société , qu'à titre de
mœurs fcandaleufes ; dans ce cas ,

cette exclusion est générale envers
tous ceux & celles de la Société
qui mènent une pareille conduite.
Concluons encore , qu'il seroit injuste de confondre dans le même
rebut , l'innocence avec le crime.
Cette confusion a cependant lieu,
toute injuste qu'elle soit ; la Société
l'avoue ! parce que , dit cette Société , elle les rejette de son sein à
titre seulement de leur profession ,
ou de leur art , tout académique
qu'il soit. Développons cet autre
point de vue , sous lequel la Société
envisage les Acteurs & Actrices de
la Comédie Françoise.

Nous avons précédemment donné les véritables notions de l'infamie , & nous avons dit qu'il y en
avoit de deux sortes ; l'une, prononcée par la Loi , que nous appellons *Infamie de droit* ; l'autre ,
prononcée par l'impression des sentimens sacrés de la Société , que
nous appellons *Infamie de fait.*

L'Infamie de fait, avons-nous encore dit, s'exerce par la Société envers tout membre qui a commis une action notoire, ſcandaleuſe, vile, abjecte, & indigne d'un homme d'honneur & de probité, *facto turpi*. Mais auſſi nous avons ajouté, que cette infamie n'enlevoit aucun droit de Citoyen à celui qui en étoit couvert, à moins que le Juge n'eût flétri ce délinquant par une Sentence juridiquement prononcée, *pro vigore Judiciario*.

Mais toutes ces Loix, enſemble, leur interprétation ne nous déſignent que des faits perſonnels, & non des profeſſions de Société réunie & approuvée dans l'Etat par des Lettres Patentes duement enregiſtrées : parce qu'une telle approbation ainſi conſentie, forme le conſentement de la Nation; eh ! la Nation peut-elle jamais donner un tel conſentement à un éta-

bliſſement de Société, dont la profeſſion ſeroit une profeſſion tendante à des actes vils , obſcènes & des-
honorans, *factum turpe*. C'eſt cependant le cas où ſe trouve la Société
des Acteurs & Actrices de la Comédie Françoiſe ; mais avant que de
développer la nature de cette Société dans l'ordre de nos mœurs politiques , examinons l'ordre d'infamie de fait que nous attribuons
aux états & conditions , ſans que
les membres qui les compoſent
ſoient infâmes , à raiſon de leur
état.

Cette infamie d'état n'eſt nullement une infamie, mais c'eſt un
état conſidéré ſous un certain point
de vûe d'obſcurité , de vilité &
d'abjection , & non à raiſon d'un
délit deshonorant ; car on peut
être fort honnête homme , & on
l'eſt effectivement à raiſon de cet
état ; tel eſt auſſi ce point de vue
ſous lequel la Société enviſage cet-

. te forte d'infamie, qui n'en eſt point
.J une.

Il y a différentes claſſes dans
l'ordre de la Société, les Nobles,
les Citoyens en place, & le Peuple, compoſé de Marchands, d'Arts
& Métiers. Chez les Romains, le
feul Militaire étoit le feul Citoyen,
le reſte de la Nation étoit infâme,
ou regardée dans cet état d'obſcurité dont nous parlons ; obſcurité
qui ne leur permettoit point de
prendre le titre de Citoyen-Romain.

Dans nos mœurs, toutes ces trois
claſſes compoſent le Citoyen ; mais
ces claſſes font enviſagées ſous différens points de vue, de façon qu'elles ne ſe confondent point entre
elles. Toutes également jouiſſent
des droits de Citoyen, toutes font
fuſceptibles des mêmes conventions
& des mêmes droits, toutes enſemble forment le corps de la Nation ;
cependant toutes ces claſſes nous
impriment des conſidérations différentes.

Le Noble fans contredit forme
la claffe la plus confidérée ; elle
jouit, cette claffe, de tous les privileges dont ne jouiffent point les
deux autres claffes. Peut-on dire à
l'égard de ces autres claffes, qu'elles
foient infâmes, à défaut de cette
non-jouiffance ? non certes.

La feconde claffe eft compofée
de Gens en place, comme Magiftrats, Intendans, grades militaires, Académies, l'ordre des
Avocats, &c. Cette claffe renferme très-fouvent des gens nobles ;
de forte que ces deux premieres
claffes vont, à certains égards, de
pair enfemble ; fouvent ces places
ennobliffent, & donnent lieu à
cette confufion.

Refte la dernière claffe du Peuple ; cette claffe eft compofée de
Marchands, de toute efpèce d'Ar-
tifans, & de tout autre genre de
travail utile au centre de la Nation. Cette dernière claffe ne fe

confond jamais avec la première
& feconde claffe ; cette claffe ne
peut parvenir aux places & aux
emplois de la feconde , encore
moins à la nobleffe de la première ; de forte qu'elle eft à notre é-
gard dans une obfcurité & une vilité , telle , que nous ne les admettons jamais dans l'ordre ni de l'une
ni de l'autre claffe. Cependant , à
Dieu ne plaife qu'on les confidère
dans le fentiment des fuperbes Romains , c'eft à-dire , comme gens
infâmes. Auffi beaucoup de ces
fortes de gens de cette dernière
claffe , pour fortir de cette obfcurité , achetent des Charges qui ennobliffent , ou par faveur obtien-
nent des Lettres de nobleffe. Mais
ces acquifitions , ou graces ne les
mettent pas beaucoup au - deffus
de leur premier état ; c'eft une Nobleffe acquife , & non une Nobleffe réelle ; c'eft plutôt une ac-
quifition de droits & privileges con-

formes à ceux de la Nobleſſe qu'ils acquièrent, qu'une Nobleſſe réelle; c'eſt enfin , comme dit Tacite , un affranchiſſement qui ne les rend pas de beaucoup ſupérieurs à leur premier état , *non multum ſuprà ſervos ſunt liberti.*

Les deux premières claſſes ſe confondent ordinairement, parce que les fonctions grandes & élevées de la ſeconde claſſe équivalent à la nobleſſe de la première claſſe; ſes fonctions ſont de défendre la Nation contre l'ennemi voiſin , & celles de la ſeconde claſſe ſe réuniſſent pour défendre la Nation de l'ennemi de l'intérieur ; ceux-ci ſoutiennent la gloire de l'Etat, ceux-là ſa paix & ſa tranquillité ; ceux-là font trembler les Nations , ceux-ci font reſpecter le Prince & la Loi. Mais ces deux claſſes ne ſe confondent point , ou rarement avec la dernière ; les ſeules richeſſes de la dernière claſſe opèrent quel-

quefois une confufion apparente,
mais qui ne paffe pas plus avant.
Pourquoi ? c'eft que les opérations
des membres de cette dernière
claffe ne font point des opérations
tendantes directement à la gloire
& à l'avantage de la Nation, mais
à entretenir les deux premières
claffes des chofes néceffaires à leur
confervation ; ils font dans l'Etat
comme les Approvifioneurs des
vivres & autres chofes utiles à chacun des membres des deux premières claffes ; dira-t-on que les
Entrepreneurs des vivres, des fou-
rages, des habillemens, des chauf-
fures d'une armée foient du nombre des troupes militaires ? non
certes ; il en eft de même des opérations des membres de la dernière
claffe du Citoyen.

Ces gens-là ne peuvent être dits
infâmes affurément ! & pour preuve de leur infamie, on ne peut pas
dire, que ce foit à titre de leur état

qui ne leur permet pas de se confondre avec ceux de la première & seconde classe ; confusion qui ne leur donne jamais le droit d'égalité.

C'est donc à raison de cette distinction que nous les regardons comme gens obscurs ; parce que 1°. ils ne peuvent, de plein droit, entrer dans les rangs de la seconde classe, à plus forte raison dans ceux de la première ; 2°. ils ne peuvent, de plein droit, s'allier avec eux.

Cependant, convenons que si ceux de la première & seconde classes leur font l'honneur de s'allier avec eux, cette alliance ne deshonnore point dans nos mœurs celui qui en recherche l'union, elle ne l'honore pas lui - même, cela est vrai ; mais elle honore celui de cette dernière classe, sur lequel tombe ce choix.

Convenons en second lieu, que

les enfans de ceux de cette dernière claſſe , peuvent participer
aux honneurs & aux grades de
la ſeconde claſſe , & ſortir par-là de
l'obſcurité de leurs pères.

Faiſons de ces diſtinctions une
application à la Société des Acteurs & Actrices de la Comédie
Françoiſe ; la Nation ne peut s'oppoſer à ce que cette Société qui
réſide dans ſon ſein, ne ſoit compoſée, de gens Citoyens ; ni à la
jouiſſance où ils ſont des mêmes
droits de Citoyen , dont elle jouit
elle-même ; cette Société particu-
lière a les mêmes droits à toutes
conventions ; cette Société hérite
de nous , comme nous héritons
d'elle ; cette Société eſt capable de
teſter , de recevoir des legs , des
donations , comme nous ſommes
capables d'en recevoir d'elle ; ils
ſont nos parens, nos alliés ; enfin
leurs enfans ſont capables d'occuper les poſtes des dernière & ſe-

conde claffes : il y a plus , les Nobles qui defcendent aux opérations de la troifiéme claffe font déchus de leurs privileges & des droits
de la Nobleffe ; ceux-ci , au contraire , font maintenus dans ces
mêmes droits & privileges. C'eſt
ce que nous prouverons inceffam-
ment, il faut donc que la Société les uniffe à quelques-une de ces
claffes.

Il eſt conſtant que nous ne pouvons les admettre à la première &
à la feconde claffe, c'eſt donc à la
troifiéme à laquelle il faut les joindre : encore leur faut-il admettre
la Nobleffe qui eſt éteinte dans
ceux de cette troifiéme claffe ; il
y a donc un privilege à leur égard,
qui les met à un rang moins infé-
rieur.

Sous ce point de vue, de quelle
infamie peut donc être couverte
cette Société, qui ne rejailliffe fur
cette troifiéme claffe ; puifque ce
point

point d'infamie n'a de rapport qu'aux poftes & aux alliances de la première & feconde claffes ; & que relativement à leurs enfans, ils deviennent fufceptibles des honneurs de la première claffe, s'ils font Nobles, & des Places de la feconde claffe. C'eft donc mal-à-propos que l'on confidere cette Société comme infâme ; à la bonne heure qu'on la regarde fous le point de vue de l'obfcurité de la troifiéme claffe, mais non fous le titre d'infamie, que cette Société ne mérita jamais, à titre & à raifon de fon état.

Examinons ce parallele ; une Société de Marchands, une Société d'Arts & Métiers eft établie par Lettres-patentes ; la Société de la Comédie Françoife eft établie par même Lettres-patentes.

La manutention des regles d'une Société eft confirmée par Lettres-patentes, la manutention des regles de celle de la Comédie Fran-

çoife eft confirmée par même Lettres-patentes.

Le Souverain ordonne des Chefs
& des Confeils dans chaque Société ; le Souverain a ordonné des
Chefs (a) & des Confeils (b) a là Société de la Comédie Françoife ; & enfin le Parlement eft le Juge de l'une
& de l'autre Société. Concluons
donc que la diftinction des claffes
de Citoyen ne forme point d'infamie à l'égard des claffes infé-
rieures ; mais qu'elle range le Citoyen dans l'ordre qui lui eft pref-
crit. Voilà , je penfe , avoir fatif-
fait aux idées de la Société, en dé-
veloppant la confufion de fes idées

(a) C'eft la plus haute Nobleffe du Royaume que le Souverain a établis Chefs de la Comédie ; ce font les quatre premiers Gentils-
Hommes de fa Chambre ainfi ordonnés par
Arrêt du Confeil.

(b) Les Confeils de la Comédie Françoife
font deux Avocats au Parlement, ainfi ordonné par le même Arrêt. Si cette Société eft infâme ? quel deshonneur pour cette Nobleffe &
pour l'ordre des Avocats !

fur cette impreffion de rigidité des mœurs de nos pères.

Mais tirons de ceci une conféquence plus analogue à notre fujet, & concluons que la Société de la Comédie Françoife n'eft point admife dans les places de la Société , à raifon de l'obfcurité de l'état, telle que nous venons de la confidérer, & non à raifon de l'infamie , qui ne peut jamais exifter à fon égard relativement à fon état. Que conféquemment, à raifon des mœurs de la Nation, cette Société de la Comédie Françoife ne peut jamais être regardée comme infâme & encore moins, comme fujete à l'Excommunication.

Il ne s'agit plus à préfent que de développer les mœurs politiques du Gouvernement à l'égard de cette Société, & de démontrer que jamais cette Société ne peut être dite infâme & fujete à l'Excommunication.

DE LA COMÉDIE FRANÇOISE

Dans l'ordre des mœurs politiques du Gouvernement.

CETTE dernière affertion comprend deux démonftrations : par la première, on démontrera que toute Société acceptée par la Nation doit jouir de plein droit des droits y attribués : par la feconde, on démontrera que la difcipline de l'Eglife eft contraire à la peine de l'Excommunication, dont on prétend que cette Société eft grévée.

DE LA SOCIETÉ DE LA COMEDIE

Françoife, dans l'ordre du Gouvernement politique.

LA peine de l'infamie prononcée par les Loix Romaines contre les Farceurs & Hiftrions, ne leur portoit point un grand préjudice, parce que ces Farceurs & Hiftrions

ð étoient de vils efclaves qui n'avoient
jamais joui d'aucun droit de Citoyen.

Mais nos Acteurs & Actrices de la
Comédie Françoife font Citoyens ,
nés de père & mère Citoyens, attachés aux membres de la Société par
les liens du fang ou de l'affinité ; il
faut donc fuppofer que ces perfonnes en entrant dans la Société de la
Comédie Françoife , perdent leur
droit primitif de Citoyen. Eh
comment le peuvent - ils perdre
eux qui ne dérogent pas même
par cette entrée , aux priviléges de
la Nobleffe.

Mais pour réfuter à cet égard
les fentimens de la Nation , il fuffit de leur développer que le Souverain eft le feul Maître des Sociétés ou des ordres particuliers
de Citoyen ; que conféquemment
la Loi du Souverain , eft la feule
regle de nos fentimens. A cet égard
inftruifons la Nation de l'établif-

ſement de celle de la Comédie
Françoiſe , & elle n'aura plus de
doute ſur la poſition de ſa déter-
mination.

Les Acteurs & Actrices de la
Comédie Françoiſe forment & ont
toujours formé un corps de Société ; cette Société a été établie par
nos Souverains , par Lettres-patentes enregiſtrées au Parlement ;
cette Société eſt conſervée dans
tous les droits, honneurs & pre-
rogatives de Citoyen ; cette Société a des Chefs que le Souverain
lui a nommé ; cette Société a des
Réglemens , des uſages , des maximes autoriſées & maintenues par
le Souverain , & enregiſtrées au
Parlement ; cette Société a pour
Juges le Parlement même , pour
Manutentionaires, ſous les ordres
du Souverain , des Commiſſaires de
la plus haute Nobleſſe nommés par
le Souverain , & pour Conſeil des
Avocats du Parlement ordonnés

par le Souverain ; cette Société conferve les droits de la Nobleffe par l'aveu exprès du Souverain ; cette Société enfin eft accueillie avec éloge des membres, tant Ec-cléfiaftiques, que Laïcs de l'Aca-démie. La preuve de ces préroga-tives eft fous nos yeux ; dévelop-pons-en la filiation.

La première Société qui fe foit formée en France, fous le titre de *Comédiens*, qui a éloigné de nous ces Spectacles de Farceurs & d'Hi-ftrions, que nous avons relégués aux Foires & fur les Boulevards, a été celle qui fut réunie en Corps par François premier, par Let-tres-patentes du mois de Janvier 1518, confirmatives de leur droit de Citoyen.

Cette Société repréfentoit les Myftères de la Religion , & ne donnoit en fpectacles que des Piè-ces faintes & facrées ; auffi cette Société fut-elle réunie en corps de

Confrairie , dite *De la Paſſion.*
Cette Confrairie vivoit en commun , comme cette Confrairie des
Freres Cordonniers de Paris ; elle
habitoit & repréſentoit ſes Spectacles dans la Maiſon & l'Egliſe ,
dite *De la Trinité* , rue S. Denis.
Cette Confrairie y recevoit les é-
trangers à titre d'Hoſpitaliers.

Une origine auſſi ſainte ne pouvoit être comparée à ces Spectacles vils & obſcènes des Farceurs &
Hiſtrions ; auſſi étoit-elle ſous la
protection de l'Etat , & ſous celle
de l'Egliſe , à titre de *Confrairie.*
Mais du tems après , on ſentit que
ces ſortes de Spectacles étoient plus
du reſſort des Temples que des
Spectacles publics ; auſſi l'Egliſe
donna-t-elle lieu de les faire défendre aux Acteurs de ces Spectacles.

En effet , nous voyons renou-
veller ces pieuſes & édifiantes re-
préſentations dans l'ordre de l'E-
gliſe

glife , non en forme de Spectacles , mais en forme oratoire , lors
des Panégyriques des Saints , &
fur-tout des Martyrs : en effet,
nous entendons dans ces Panégyriques l'ordre des tourmens que
fouffrent ces appuis de notre Foi ;
on nous fait part des ordres barbares, on les conduit fous nos yeux
au fupplice, & ils expirent à notre
vûe ; cet ordre d'actions repréfen-
tées, fur-tout, a lieu le jour du Ven-
dredi-Saint , & plus particulière-
ment & d'une façon plus active de
la part de ces Millionnaires , qui
vont dans les Provinces prêcher
tous enfemble dans les carrefours
fur des tréteaux , & porter en
Proceffion tous les inftrumens de
ces innocentes Victimes de notre
Religion (a).

_____

(a) C'étoit l'ancien goût des Sermons, que ces
efpeces de Spectacles pieux. Ils étoient enfemble plufieurs Prédicateurs , qui repréfentoient
fur des trétaux en plein public. En Italie,ces fce-

Ces Hospitaliers furent par la suite obligés de quitter la Maison de la Trinité , parce que cette Maison établie pour fonder un Hôpital , revint à sa première institution , par Arrêt du Parlement de l'année 1545. Pour lors cette Confrairie acheta une maison appellée l'*Hôtel de Bourgogne* , rue Mauconseil. Là , cette Confrairie ou Société eut permission de s'y établir par Arrêt du Parlement du 19 Novembre 1548 , à condition de ne jouer, ou de ne représenter que des sujets profanes, licites & honnêtes , défenses d'y jouer , ou représenter les Mystères de la Passion; cet Arrêt qui confirme leurs droits & privileges de Citoyen ,

---

nes font encore fort fréquentes. Nous avons encore plusieurs Eglises en France où l'action a lieu, la Passion y est chantée par plusieurs voix , ce qui forme un corps de différens Acteurs des Mystères de la Passion. En Flandre , cette forme est encore sous nos yeux.

précédemment confirmés par François premier, fut lui - même confirmé par Lettres-Patentes d'Henri II, du mois de Mars 1559.

Cependant, cette Confrairie se
divisa & acheta une autre maison
au Marais ; desorte qu'à l'Hôtel
de Bourgogne, actuellement occupée par la Comédie Italienne, on
y jouoit encore des Pièces saintes,
& ceux du Marais jouoient des
Pièces profanes. Il n'y a pas encore long-temps, que l'on a effacé
sur les dehors de cette Maison les
Mystères de la Passion, qui étoient
gravés sur la pierre ; mais ces Pièces saintes furent tant de fois dé-
fendues, qu'elles cesserent, & les
Acteurs prirent le Jeu de ceux du
Marais. Ces Sociétés, trop nom-
breuses, furent obligées d'acheter
une Maison rue de Guénegaud ;
de forte qu'il y avoit plusieurs Spectacles, jusqu'après la mort du célébre Moliere, qui avoit placé son

Théâtre dans une des Salles du
Palais Royal, où eſt à préſent l'O-
péra , & juſqu'au temps où Louis
XIV. réunit tous ces différens Spectacles à la Comédie Françoiſe ,
au lieu, où elle eſt actuellement.

L'Auteur de la Vie de Moliere,
Edit. de 1710, *in*-12 , nous donne
l'époque de ces réunions. » Les
» commencens, dit-il , de cet éta-
» bliſſement ont été heureux , &
» les ſuites très-avantageuſes. Les
» Comédiens , Compagnons de
» Molière , ayant ſuivi les maxi-
» mes de leur fameux Fondateur ,
» & ſoutenu ſa réputation d'une
» manière ſi ſatisfaiſante pour le
» Public ; qu'enfin il a plû au Roi
» d'y joindre tous les Acteurs &
» Actrices des autres Troupes de
» Comédiens qui étoient dans Pa-
» ris, pour n'en faire qu'une ſeule
» Compagnie. Ceux du Marais y
» avoient été incorporés en 1673 ;
» & en 1680 , les Comédiens de

» l'Hôtel de Bourgogne qui , de-
» puis un si grand nombre d'années
» portoient le titre de la seule Trou-
» pe Royale , ont été réunis avec
» la Troupe du Roi le 15 Août
» 1680.

Quoi qu'il en soit de cette suite
historique qui n'intéresse point cette
question, ce fut sous Henri III. que
la Ville de Paris & la France , se vi-
rent inondées de tant de personnes
propres à ce genre théâtrale ,
qui n'avoit point encore acquis ce
dégré de connoissance, d'ordre &
d'illustration que l'on attendoit du
grand Corneille ; ce fut , dis-je ,
sous ce Roi que quantité de Farceurs s'introduisirent dans le sein
de la Capitale, que l'établissement
de la Comédie Italienne eut lieu ,
& qu'elle représenta au même
Hôtel de Bourgogne , rue Mauconseil , qu'occupoit la Comédie
Françoise avant qu'elle eût acquis
une maison rue de Guénegaud.

Ce fut encore fous ce Prince,
que la Comédie Françoife, ci-devant divifée, jouoit auffi féparé-
ment, chacune dans fa maifon :
c'eft ce qui fe voit encore, fous le
Régne de Louis XIII, qui le premier fit une réunion de plufieurs de
ces Sociétés divifées, en conféquence d'une Déclaration conforme
à celle de fes Prédéceffeurs, du 16
Avril 1641, enregiftrée au Parlement le 24 fuivant, & cette réunion
eut lieu, au même Hôtel de Bourgogne.

Enfin, Louis XIV a réuni ces
deux Sociétés en un feul Corps,
en les confirmant, dans l'Hôtel,
rue des Foffés Saint Germain qui
leur fut permis d'acquérir, où ils
font encore actuellement, & dans
tous leurs droits & privileges de Citoyen & de Société.

Ces réunions & confirmations eurent lieu par des ordres émanés du
Roi, en conféquence des Décla-

rations primitives des Rois Prédé-
-cesseurs enregistrées au Parlement,
& sont datées des 18 , 22 & 26
Août 1680 , & notamment d'un
ordre , en forme de Lettres de Ca-
chet du 22 Octobre 1680.

En vertu de ces ordres qui ne
tendoient , suivant leur énoncé ,
qu'à perfectionner ces Spectacles ,
les Comédiens furent de nouveau
admis en corps de Société , & à
en passer les actes d'union , dont
le premier est daté du 5 Janvier
1681 ; par un ordre du 24 Août
1682, le Roi accorda au Corps
de cette Société , une pension de
12000 livres à repartir entre ses
membres , de laquelle pension le
Roi leur en fit expédier le brevet.
Dès-lors voilà cette Société , non-
seulement confirmée dans ses droits
de Citoyen , non-seulement reçue
dans le sein de l'Etat avec éloge ,
mais encore entretenue aux dépens
de ce même Etat.

Le 23 Avril 1685, M. le Duc
de Saint Agnan , Pair de France,
& un des quatre premiers Gentils-
hommes de la Chambre du Roi ,
donna à cette Société un plan de
réglement de difcipline intérieure,
conformément aux ordres que Ma-
dame la Dauphine en avoit reçu
du Roi. Ce réglement fut fuivi de
plufieurs autres dont fut paffé acte
devant Notaires par la Société le 4
Mars 1686.

Le 22 Septembre 1687 , autre
contrat de Société pour acheter
de fa part les places & maifons ad-
jacentes à l'Hôtel de Bourgogne,
& aggrandir la place des Spectacles ; lequel acte, enfemble ces
nouveaux établiffemens furent ra-
tifiés par le Roi , par Arrêt de fon
Confeil du premier Mars 1688.

Depuis ce temps, on ne voit de
la part de cette Société que nouveaux actes paffés devant Notaires
à l'ufage de leurs parts & portions

& des fonds de cette Société ; il y en a entre autres, un du 27 Avril 1699 , qui ratifie & confirme les précédens ; un autre du 23 Mars 1705 ; un autre du 1 Mai 1724 ; un autre du 17 Mai 1728 : enfin , Arrêt du Conseil qui confirme ces actes & en autorise les Réglemens en y ajoutant de nouveaux, en datte du 18 Avril 1757. Ce dernier mérite une attention singulière.

Cet Arrêt du Conseil , dont on poursuit actuellement l'enregistrement au Parlement , est donné en forme de Déclaration ; tout est remarquable dans l'initial de cet Arrêt. En voici les propres termes.

» Le Roi s'étant fait rendre » compte de l'état des affaires de » la Troupe (a) de ses Comédiens

_____

(a) On croit trouver dans ce terme (troupe) un caractère ignoble contre cette Société; il faut ne pas sçavoir le François pour donner dans cette bassesse d'idées. Le Corps militaire n'a-t-il pas le nom de *Troupe* ? ce Corps est-il

» François ordinaires (*a*), & vou-
» lant donner des marques de fa)
» protection pour ce Spectacle for-
» mé en France *par les talens des*
» *plus grands Auteurs* qu'elle ait
» produit, à l'exemple duquel il
» en a été établi de femblables
» dans les principales Cours de
» l'Europe, & qui à jufte titre a
» été honoré de la protection par-
» ticulière du feu Roi. Sa Maje-
» fté fe feroit fait repréfenter,
» &c.

Cet Arrêt confirme , non-feu-

---

vil & abject. Le mot *Troupe* s'attribue à une réunion d'hommes de tout état & de tout pays ; au lieu que Corps s'attribue à une réunion d'hommes de la même Nation & du même genre, habiles à être membre de ce Corps : telles étoient compofées autrefois les Troupes de la Nation, telles font encore celles de l'Empire, du Roi de Pruffe, &c.

(*a*) Ce n'eft auffi que de ceux-là dont nous parlons , & non de ces coureurs , de ces vagabonds qui infectent les Villes & les Provinces de leurs ridicules repréfentations , pour avoir lieu d'y vendre encore de plus mauvais remédes.

lement les Déclarations des Rois
prédécesseurs, mais encore confirme l'illustration de la nature de la
Comédie, & la joint à la cause, comme l'effet de la production de ces
grands hommes qui l'ont illustré.

Cet Arrêt forme un ordre de
régime & d'administration d'une
Société vraiment académique; cet
Arrêt donne la manutention des
réglemens intérieurs & de discipline aux premiers Gentilshom-
mes de la Chambre & Intendans
des Menus; & renferme quarante
articles, dont le trente-septiéme
est remarquable; cet article veut
que le Conseil de la Société soit
composé de deux anciens Avocats
au Parlement, & d'un Avocat ès
Conseils. La Société des Fermes
du Roi est-elle autrement compo-
sée ? où a-t-elle jamais reçu ce
dégré d'illustration ? où a-t-elle
été jamais reconnue par la Nation,
par les enregistremens aux Parlemens?

Cet Arrêt confirme leurs droits
de Noblesse , ci-devant confirmés
à cette Société , & appuyés sur cet
autre Arrêt du Conseil du 10 Novembre 1668 , rendu en faveur du
nommé *Floridor* , Gentilhomme ,
lequel , inquiété par les Traitans
à cause de la qualité d'*Ecuyer* qu'il
prenoit , fut rendu en sa faveur
Arrêt , qui lui donne un an pour
prouver sa Noblesse , & fait défenses aux Traitans de l'inquiéter à ce
sujet.

Ensuite de cet Arrêt a été passé
un acte par les membres de la Société , devant Me. Savigny & son
Confrère , Notaires au Châtelet
de Paris , conforme aux ordres de
cette Déclaration , ou Arrêt du
Conseil.

L'origine de cette Société est
donc sacrée , sa suite est honnête
& licite , & dans l'ordre des mœurs
sages & politiques ; cette Société
jouit des privileges du Citoyen &.

de la Nobleſſe ; elle tire ſa ſource
de l'illuſtration *des plus grands Au-*
teurs que la France ait produit ; elle
eſt élevée à ce dégré par les Lettres-patentes des Souverains ; elle
eſt reconnue de la Nation par les
enregiſtremens, entretenue aux dépens de l'Etat, & ſes Réglemens
autoriſés par des actes homologués
par la Nation.

A près ces principes , qui établiſſent une Société vraiment citoyenne, examinons quel rang tient
cette Société dans l'ordre de l'Académie Françoiſe.

Telle eſt la cauſe , tel doit être
l'effet ; les Auteurs des Farces é-
toient ſujets à la peine de l'infamie,
Artis Ludicræ : les Acteurs étoient
ſujets à la même peine, *pronuntian-*
dive cauſâ.

La nature de la Comédie Françoiſe doit donc ſubir le même ſort
de leurs Auteurs. Peut-on dire que
les Auteurs de nos Pièces tragi-

ques & comiques fubiffent le fort
de l'infamie & de l'Excommunication ? eux qui méritent à tant
d'égard nos éloges & nos hommages : eux qui, à tous égards, font
honorés de l'eftime de nos Souverains & de celle de tous les grands
hommes, de tous les Magiftrats,
& de tout homme fenfé & éclairé; eux qui font admis dans cette
Société d'académie, dont ils font
la gloire & l'ornement dans l'ordre
de leurs travaux académiques.

Si la fource de nos Comédies
Françoifes eft fi noble, fi pure & fi
élevée dans l'ordre politique de nos
mœurs, comment le ruiffeau qu'elle
répand peut-il nous paroître infe-
cté ? c'eft cependant un tel contradictoire qu'il faut admettre, fi
nous perfiftons dans notre opiniâtreté.

Nous rendons tous juftice à la
nobleffe & à la pureté de l'Académie Françoife ; voyons nos fen-

cimens gravés dans la conduite
qu'elle tient à l'égard de cette Société de la Comédie Françoise.
Nous venons de lire dans un in-
tant cette liaison de la Comédie
Françoise, comme effet, avec l'A-
cadémie, comme cause, dans cette
Déclaration du Roi de 1757,
*pour ce Spectacle formé par les talens
des plus grands Auteurs.* Lisons
dans les Fastes de l'Académie, de
quel œil elle envisage son propre
ouvrage.

Je trouve dans les Œuvres de
M. de Voltaire, Tome 21, inti-
tulés : *Essais sur l'Histoire Générale,*
seconde Edit. pag. 9 & 10, ce qui
suit :

» La Cour, » dit cet Académicien universel de nos jours , » de-
» puis le retour triomphant de Ma-
» zarin , s'occupoit de jeux , de
» Balets & de la Comédie, qui, à
» peine née en France, n'étoit
» point encore un *Art*, & de la

» Tragédie qui étoit devenue un
» *Art sublime* entre les mains de
» Pierre Corneille. Un Curé de
» Saint Germain l'Auxerrois, qu
» penchoit vers les idées rigou-
» reuses , avoit écrit souvent à la
» Reine contre ces Spectacles dè
» les premières années de la Ré-
» gence ; il prétendit que l'on étoi
» damné pour y assister ; il fit mê-
» me signer cet anathême par sep
» Docteurs de Sorbonne ; mai
» l'Abbé de Beaumont (Perefixe,
» Précepteur du Roi , se munit de
» plus d'Approbations de Doc
» teurs , que le Curé n'avoit ap
» porté de condamnations , & cal
» ma ainsi les scrupules de la Rei
» ne ; & quand il fut Archevêqu
» de Paris , il autorisa le senti-
» ment qu'il avoit défendu étan
» Abbé (a).

_____

(a) M. De Voltaire confond ici l'ordre de
moeurs chrétiennes avec l'ordre des moeurs po
» L

» Il faut obferver, continue **M.**
» de Voltaire, que depuis que le
» Cardinal de Richelieu avoit in-
» troduit à la Cour les Spectacles
» réguliers, qui ont rendu Paris la
» rivale d'Athènes, non - feule-
» ment il y eut toujours un banc
» pour l'Académie, qui poffedoit
» plufieurs Eccléfiaftiques dans fon
» Corps, mais qu'il y en eut un par-
» ticulier pour les Évèques.

L'Académie compofée de gens
d'Eglife & de Laïcs, affiftoit auffi
aux fpectacles de la Comédie Françoife ; mais peu à peu fes membres n'y affiftèrent qu'en particulier : auffi voyons-nous l'Eccléfiaftique, l'Académicien & le Laïc
confondus enfemble ; cependant la
Comédie Françoife fit à l'Acadé-

---

litiques ; ce que le Jurifconfulte Chrétien ne
confond point fi aifément ; auffi on déclare ne
point admettre ce trait d'hiftoire, autrement
que dans l'ordre des mœurs politiques, fans
s'étendre à toute autre queftion.

Q

mie fes repréfentations à ce fujet ;
& députa M. Quinault l'aîné, qui
portant la parole au nom de fa
Société, renouvella à l'Académie
fon premier vœu & fes prérogatives,
le Lundi 3 Mars 1732. Sur cette
députation, il fut écrit de la part
de l'Académie à M. le Cardinal
de Fleury, dont voici la Réponfe
adreffée au Sécretaire de l'Académie.

A Verfailles, ce 4 Mars 1732.

» Je ne manquerai pas, Mon-
» fieur, à la première occafion de
» faire témoigner aux Comédiens
» François le gré que l'Académie
» leur fçait de l'offre qu'ils lui font,
» & le Roi trouve bon qu'elle l'ac-
» cepte.

Comment tant d'éloges, comment une liaifon fi intime de l'A-
cadémie avec la Comédie Françoife peuvent-ils nous laiffer le
moindre foupçon d'infamie, fur-

; tout quand on voit le renouvelle-
ment de cette même liaison en l'année 1759.

M. le Duc d'Aumont, en qualité d'un des premiers Gentils-
hommes de la Chambre du Roi,
voulut s'informer de ce droit de
banc, que prétendoit à la Comédie,
l'Académie Françoise. La Société
& l'Académie Françoise lui en
montrerent les titres non suspects :
voici la Réponse dont il chargea
le Sécretaire de l'Académie de
faire à la Compagnie, » qu'il (Duc
» d'Aumont) étoit fâché que le
» droit de l'Académie fût si bien
» fondé , parce qu'il étoit privé
» par-là du plaisir qu'il auroit à le
» lui procurer ; qu'il ne lui restoit
» plus qu'à inviter les Académi-
» ciens à jouir de leurs privile-
» ges, & qu'il se plaignoit seule-
» ment du peu d'usage qu'ils en fai-
» soient.

Ce banc privilégié est donc un

droit, un privilege dû à l'Académie, & dont l'Académie eft
jalouſe à juſte titre : or l'Académie eft compoſée d'Evêques, de
Docteurs, d'Abbés reſpectables :
le banc des Prélats y eft expreſſément déſigné ; comment donc la
Comédie Françoiſe peut-elle être
infectée du poiſon de l'infamie &
ſujete à l'Excommunication?

Tous ces titres de Nobleſſe,
d'excellence & de ſupériorité n'ont
beſoin d'aucun commentaire, il
ſuffit de les lire, & pour n'en point
douter, & pour nous enlever aux
idées chimériques de nos préjugés.
Cependant il nous reſte à développer un dernier ſentiment, qui eft
celui de l'Egliſe à cet égard, &
nous verrons ſi de ſa part, il ne regne
pas un mutuel concert avec les Loix
politiques de la Nation.

DE L'ORDRE

DE LA COMEDIE FRANÇOISE

*Quant à discipline de l'Eglise,
relative à l'Excommu-
nication.*

SI nous restons encore pen-
chés vers ce sentiment indecent de
l'odieuse comparaison des Farceurs
& Histrions avec la Comédie Françoise , il faut toujours conclure,
qu'il n'y a en France aucune Loi,
ni aucun Canon revêtu du caractère
de publicité, qui aient décidés contre la Comédie Françoise,& la peine
de l'infamie, & la peine de l'Excommunication ; nous n'en avons même
trouvé aucuns contre les Farceurs &
Histions : ainsi à cet égard nul ne
peut donc excommunier les Acteurs & Actrices de la Comédie
Françoise : *Nemo Episcopus , nemo
Presbyter excommunicet aliquem ,*

nisi causa probetur, propter quam, hoc
Canones fieri jubent.

Mais une fois dégagé de ce préjugé ridicule & absurde de comparaison, examinons l'Eglise dans l'ordre du Citoyen , dont la Comédie Françoise jouit des droits & des prérogatives.

Tout Citoyen, avons-nous dit, doit faire profession de la Religion Chrétienne, parce que les droits extérieurs de Fidele sont intimement attachés aux droits de Citoyen. L'Eglise n'a aucun droit de priver le Citoyen de ses droits de Fidele, sans l'ordre exprès de la Loi : or , dès que non - seulement les membres de la Comédie Françoise sont Citoyens , & conservés tels dans l'ordre de la Loi , comment supposer à l'Eglise un droit de détruire l'objet de la Législation & la sûreté des droits du Citoyen? Ce contradictoire est sensible.

D'après cette preuve du défaut

de pouvoir dans l'exercice de l'Ex-communication à l'égard des membres de la Comédie Françoise, voyons le fentiment de cette même Eglife.

Rome, l'ancienne Capitale de l'Univers entier, & à préfent le centre de l'Eglife Chrétienne, n'a jamais admis ni contre les Farceurs & Hiftrions, ni contre fes Spectacles actuels, la peine de l'Excommunication ; fes Comédiens réfidens à Paris fous la protection du Souverain, & la confervation de leurs droits nationnaux, jouiffent du droit de Fidele, & ne peuvent être fujets à l'Excommunication, & n'y font point en effet fujets.

Dans toutes les parties de Rome divifée, en Italie, à Venife, à Florence, dans l'Empire, la Pologne, l'Efpagne, & autres Pays Catholiques, où la plus févère Inquifition a lieu, c'eft-à-dire, où

l'exécution des peines les plus violentes que puiſſe prononcer l'Excommunication, a lieu ; nul des
Comédiens n'eſt ſujet à cette peine, parce qu'il n'y a ni Loi du
Prince, ni maxime canonique qui
ait lancé ou permis ce foudre d'a-
nathème.

Rome Chrétienne qui a pour Souverain le premier d'entre les Chefs
de l'Egliſe, à qui tout le pouvoir a été
adreſſé, quoiqu'indiviſement avec
les autres Chefs, n'admet & n'a jamais admis l'exercice de l'Excommunication, contre ceux de ſes
ſujets qui ſont dans ſes Etats &
dans ſa Capitale, ni ne ſouffre
point qu'on la lance contre aucun
de ceux qui ſont répandus dans les
autres Royaumes Catholiques ; puiſqu'à raiſon de leur droit de Citoyen,
la Loi eſt conſervative de ceux extérieurs de Fidele.

Si ces Nations ſont ſi jalouſes
des droits de leur Patrie, ſerons-
nous

nous les feuls qui abandonnerons les nôtres au pouvoir indifcret d'une anarchie effroyable. Non, nos droits de Citoyen font trop facrés, pour ne nous point révolter contre les atteintes téméraires de ceux qui veulent les dominer.

Les membres de la Comédie Françoife font Citoyens avant que d'être admis à la Société de la Comédie ; leur admiffion leur conferve leurs droits de Citoyen, les prérogatives mêmes de la Nobleffe; ils doivent donc conferver leurs droits extérieurs de Fideles ; & la Loi confervatrice de leurs droits doit exclure tout pouvoir étranger, qui prétend le droit de dominer contre eux.

La Comédie Françoife eft nouvelle , elle a pour prérogative la fainteté de fon origine : elle a pour fondement la repréfentation des actions grandes & élevées de la po-

R

litique la plus exacte & la plus sé-
vère ; elle a pour appui l'illustration des *plus grands Auteurs que la
France ait produit*. Elle a des places marquées, & pour les Prélats
du Royaume , & pour les membres de l'Académie , dont les uns
& les autres font jaloux à juste titre. Enfin, depuis son institution,
il n'y a aucun Concile National
ou Provincial , aucune Maxime
canonique , qui livrent ces Citoyens à la peine de l'Excommunication.

Il a paru l'année dernière un
Mémoire dans une Cause pendante
au Châtelet de Paris, entre les Farceurs & Histrions de nos Boullevards, & un certain mauvais Plai-
sant qui leur disputoit un acte passé
entr'eux, que tout le monde sçait,
& qu'il me seroit indécent de développer plus amplement. Dans
ce Mémoire, on y fait mention de
quelques Conciles du 8 ou 9ᵉ. sie-

cle , dont on ne rapporte point
les textes ; le défaut de ce Mémoire confifte, en ce que l'Auteur
paroît avoir confondu , & ce qui
concernoit les Farceurs & Hiftrions
de ce temps, condamnés à l'infamie par Charlemagne , dans le
même ordre des Loix Romaines ,
& envifagées par l'Eglife , comme
obfcènes , fans les excommunier ;
& , ce qui eft plus extraordinaire ,
en ce qui concernoit cette confufion abfurde & ridicule des Théâtres de nos Boullevards avec ceux
de la Comédie Françoife : d'où il
rendoit les droits du Citoyen de
la Comédie Françoife , relatifs
à l'ordre infâme de ces Hiftrions.
C'eft à une connoiffance exacte &
éclairée à diriger la jufteffe des com-
paraifons, & non au feu volatile d'u-
ne brillante imagination.

Bien loin que nous voyions, de
la part de l'Eglife de France, aucune Maxime qui autorife l'Ex-

communication contre la Comédie Françoiſe , nous ne voyons
point même de contradiction bien
autoriſée.

Nous voyons, au contraire, l'A-
cadémie compoſée d'Evêques , de
Docteurs & d'Eccléſiaſtiques briguer l'honneur d'y aſſiſter d'une
façon diſtincte , & qui honore l'A-
cadémie par ſes propres membres
dont elle eſt le Chef. Nous voyons
les Prélats y briguer la même conſi-
dération diſtincte par des places
marquées & diſtinguées.

Nous ne voyons point qu'aucun
Evêque de Paris ſe ſoit armé des
foudres de l'Excommunication
contre la Comédie Françoiſe, juſqu'à M. le Cardinal de Noailles,
Prélat à tous égards digne de notre vénération ; mais dont ſouvent
le zèle plus pieux qu'éclairé , le
faiſoit tomber dans des arbitraires
contraires au bon ordre du Citoyen. Ce Prélat ne diſtinguoit

point fes devoirs envers les Fideles, & les limites de ce devoir envers le Citoyen ; c'eft ainfi que
confondent les chofes, ces piétés
aveugles qui croient pouvoir troubler l'ordre du Citoyen, parce qu'elles ont le pouvoir d'inftruire celui
du Fidele.

Cependant, à quoi a abouti le
zèle de ce Cardinal ? à rentrer dans
la voie commune , & à former un
impôt éléémofinaire fur des rétributions données aux Acteurs de-
ftinées aux entretiens de leurs décorations & machines théâtrales.
Les droits du Ciel font-ils fufceptibles d'une telle conciliation , &
peut-on fe ménager les intérêts
d'un crime envelopé des foudres
de l'Excommunication ? Ce ne fut
jamais l'intention de ce pieux Cardinal; mais l'attention qu'il fit que
la Comédie Françoife n'étoit point
un état fujet à l'Excommunication

Nous voyons un trait dans les
Conférences de Paris , qui certes
devoit renfermer toutes les autorités les plus capables de nous ef-
frayer fur cette matière , au mot
Comédiens , 1. *vol. p.* 169. Il n'eſt
parlé que d'un ſeul refus de mariage fait à un Comédien & à une
Comédienne ; refus qui tomba par
ordre du Roi , en faiſant ceſſer le
ſcandale que ce refus avoit cauſé :
eh , ſur quelle autorité ce refus é-
toit-il fondé ? ſur *l'avis du Cardinal*
de Noailles , dit ce Livre des Conférences. Il eſt donc clair que ce
Cardinal ignoroit cette Maxime
fondamentale du Droit canonique :
Nemo Epiſcopus , nemo Presbyter
excommunicet aliquem , niſi cauſa
probetur , & propter quam hoc Ca-
nones fieri jubent. Il eſt donc
clair que ce Cardinal tranchoit du
Légiſlateur , contre le Citoyen qui
ne lui doit rien à cet égard , & qui
ne doit ſa ſoumiſſion qu'à la Loi à

laquelle feule il a prêté fon ferment
de fidélité.

Auffi voyons-nous dans les Faftes publics de l'Eglife de Paris,
que ce Cardinal y a laiffé, qu'il s'eft
conformé aux Ordonnances du
Royaume, en laiffant à l'écart le
prétexte de fa cenfure ; nous lifons
dans ce Rituel de l'année 1701,
qui contient les prônes des Di-
manches, dans lefquels il eft fait
mention de ceux que l'Eglife regarde comme excommuniés, comme *peine communatoire*, & non
comme Jugement autentique, *ceux*
& celles qui durant le Service divin
vaquent aux Jeux & Spectacles des
Farceurs; fi la Comédie Françoife
eut été fujete à l'Excommunication, eût-on oublié un article auffi
effentiel, dans cet endroit fur-tout
deftiné à développer les teneurs de
cette peine de l'Excommunication,
qui n'eft pas même deftinée aux
Farceurs?

R iv

Encore, avons-nous dit, cette
défenſe eſt conforme aux Loix du
Royaume;elle ſe trouve cette défenſe dans l'article 24 de l'Ordonnance de Blois : *Défend à tous joueurs*
de Farces , Bâteleurs , & autres ſem-
blables , de jouer aux jours de Di-
manche & Fêtes , & aux heures du
Service divin , ſe vêtir d'habits ecclé-
ſiaſtiques , jouer choſes diſſolues & de
mauvais exemple, à peine de priſon &
de punition corporelle. D'où il faut
conclure, que l'Egliſe, dans l'exercice extérieur de ſon pouvoir, a toujours penſé avec raiſon qu'elle
ne pouvoit ſortir des bornes de la
Loi.

Nous avons des Réglemens qui
font défenſes aux Hiſtrions , Farceurs, & Comédiens de campagne
de jouer ſans permiſſion des Ma-
giſtrats des Villes ; mais ils n'exi-
gent point celle des Evêques & des
Curés ; tel eſt le vœu des Arrêts

du Conseil des 21 Décembre 1700
& 29 Août 1702. Il est surprenant
que ces Arrêts donnent le titre de
Comédiens à ces Bâteleurs & à ces
Marchands-Forains de tant de propos indécens, comme de remedes au
moins inutiles. Mais il l'est encore
davantage, que sous ce prétexte
on se soit plû à confondre la vilité
& la bassesse de ces Spectacles &
de leurs Acteurs, avec la noblesse
& la grandeur des spectacles & des
Acteurs de la Comédie Françoise,
dans l'art académique de la prononciation. N'est-ce pas confondre
l'Orateur, avec ces crieurs de Places
publiques.

Le Catéchisme de Montpellier,
composé par un Evêque de France, dont la mémoire sera à jamais
d'une prétieuse vénération, dont
les lumières & le zèle étoient sou-
tenus de cette piété éclairée & sans
passion, je veux dire le grand *Col-*

bert, Edit. de 1719, donne une
très-longue explication fur les peines de l'Excommunication & fur
les délits qui les font encourir ; mais
il ne dit pas un mot de la Comédie
Françoife.

Nous avons vû à l'inftar de **M.**
le Cardinal de Noailles, différens
Curés des Diocèfes de Lyon, de
Strafbourg, des trois Evêchés vouloir exercer ce pouvoir de l'Excommunication contre leurs Comédies. Mais fitôt que cet attentat
contre les droits du Citoyen eût
frappé les oreilles des Chefs de ces
Eglifes ; dans l'inftant, ces brigues
d'autorité ourdies dans le filence ,
ont été enfevelis pour toujours dans
l'horreur des ténebres, d'où elles ti-
roientle ur origine.

Paris eft donc la feule Ville qui
foit le Théâtre de cet exercice ;
nous voyons fréquemment quelques Curés excommunier les Ae-

teurs & Actrices de la Comédie
Françoise, & pour preuve de ces
peines lancées contre ces Citoyens,
rappellons les faits de leur Excommunication tels qu'ils sont é-
noncés au Memoire qui donne lieu
à cette Differtation. La bénedi-
ction du Mariage leur eft refufée,
les Sacremens à la mort & la sépulture ecclésiaftique leur font é-
galement refusés. Le Saint Sacrement s'éloigne de leurs murs au jour
de fa Proceffion générale, & enfin
on leur refufe de porter le pain-
beni de la Paroiffe à leur tour de
Paroiffien. De telles privations publiques font conftamment l'union
des peines qui conftituent l'Excommunication dont nous parlons.
De telles privations publiques a-
néantiffent les droits du Citoyen-
Fidele; de forte que le Citoyen,
privé de ces droits, eft dès-là infâme; c'eft-à-dire exclus des droits
de Citoyen : cependant la Loi

feule a ce droit ; & la **Loi**, bien loin
de condamner la Comédie Fran-
çoife à de telles peines, l'ennoblit
& la protege. Cependant les Canons feuls de l'Eglife ont le droit
de mulćter de ces fortes de peines
le Fidéle, & nous ne trouvons aucun Canon qui autorife ces privations : cependant en France ces
Canons, pour être réduits à exécution doivent être revêtus du ca-
raćtère de publicité ; & nous ne
trouvons aucuns de ces caraćtè-
res, puifque nous ne trouvons aucun Canon. Comment donc pouvoir concilier ce zéle inconfidéré,
cette amertume du cœur humain
de la part des Miniftres des Autels dans l'aćte de leur refus, avec
ces défauts de Loi & d'exercice de pouvoir : *Nemo Epifcopus,
nemo Presbytero excommunicet aliquem nifi caufa probetur, & propter
quam hoc Canones fieri jubent.*

La bénédićtion du mariage liée

depuis peu intimement au mariage lui même par la Loi du Prince, néceffite tout Prêtre à la donner à tout Citoyen-Fidéle ; parce que le mariage eft du droit de la fociété, dont le plus infâme, le plus fcandaleux ne peut être privé & n'eft jamais privé.

Il en eft de même des Sacremens à la mort, ils font dûs à tout Citoyen-Fidéle comme partie de ces droits de Citoyen, à moins que la Loi, ou les Canons reçus & fuivis d'un Jugement de notoriété de droit, n'autorifent le refus.

Nous ne donnerons point le Saint des Saints aux chiens, difent ces Miniftres ! mais on leur répond : eft-ce vous qui êtes les propriétaires de ces chofes faintes ? ou êtes-vous Juges du Citoyen ? ni l'un ni l'autre, vous êtes les manutentionnaires & feulement Juges du Fidéle dans l'ordre du for intérieur. Comme ma-

nrtentionnaires , vous êtes foumis
à la Loi de la Nation & aux droits
du Citoyen ; comme Juges, vous
n'avez qu'un pouvoir au Tribunal de la Pénitence , mais ce pouvoir ne lie que le Fidéle , & ne
peut jamais lier le Citoyen dans
l'ordre de fes droits extérieurs. J. C.
communia Judas, il agiffoit dans l'ordre public, comme fujet aux Loix, &
vous donnoit l'exemple; S. Paul rend
un chacun dépofitaire de fa confcience & donne la liberté à tous;
fi vous mangez ce pain indignement vous mourrez , fi vous le
mangez dignement vous vivrez.
Que chacun s'examine, *probet autem feipfum homo* ; mais S. Paul ne
fe rend pas le fcrutateur des confciences , ni le propriétaire des
chofes faintes. Voilà la mort, voilà la vie ; choififfez.

Deux Apôtres animés d'un zéle
inconfidéré demandent à J. C. de
faire defcendre le feu du Ciel fur

» ces peuples de Samarie qui n'a-
» voient pas voulu les recevoir : al-
» lez, leur dit Jefus-Chrift avec une
» fainte colère, vous ne fçavez point
» à quel efprit vous êtes appellés, le
» fils de l'homme n'eft pas venu pour
» perdre, mais pour fauver.

Jefus-Chrift, fur l'Excommunication dont nous parlons, propofe la parabole de l'ivraye femée
dans le champ du père de famille,
que les domeftiques vouloient ar-
racher avant la moiffon, fous le
prétexte qu'elle nuifoit à la bonne femence ; laiffez croître, leur
dit ce divin Légiflateur, l'un &
l'autre jufqu'à la moiffon ; & à la
moiffon cueillez l'un & l'autre,
puis je verrai & je dirai. Le tems
jufqu'à la moiffon, eft la vie de
l'homme, la mort eft le terme de
la moiffon ; c'eft pour lors que
Jefus-Chrift réprend fes droits de
Juge, en quoi confifte le com-
plément de la toute-puiffance

qu'il s'eſt réſervé , & qu'il n'a pas donné à ſes Miniſtres, qui ſeront au contraire , ou les victimes de ſa colère , ou les ſujets de ſes miſéricordes.

Enfin , Jeſus-Chriſt nous déclare que ſon Royaume n'eſt pas de ce monde , & qu'il n'eſt point venu pour troubler l'ordre des Gouvernemens ; comment ſes Miniſtres peuvent-ils donc prétendre avoir un droit d'autorité ſur les droits du Citoyen , & de juger de leur ſort, droit qui n'appartient qu'à la Loi de la Nation ?

L'uniformité en fait de maxime poſitive appartenante à l'Egliſe, doit être auſſi entière que l'uniformité de la Loi poſitive dans une Nation. Le vol défendu dans une Nation , n'admet aucune exception dans aucun tribunal de la Nation. De même la foi en Jeſus - Chriſt , ou la Loi contre les péchés capitaux n'admet aucune exception dans aucune

ne Eglife que ce foit ; les délits
affujetis à une peine auffi fupérieu-
re que celle de l'Excommunication doivent être uniformement
affujettis à cette peine dans toute
la Société de l'Eglife univerfelle.
C'eft un point de vérité qui ne fe
peut combattre. Or, parcourons
l'Eglife univerfelle depuis Rome
jufqu'au dernier village du monde
chrétien, nous ne voyons que la feule France où ces Excommunications aient lieu contre les droits
du Citoyen ; encore, dans l'étendue
de cette France fi éclairée, nous ne
voyons que Paris feule qui en foit
le théâtre & l'inventrice contre la
profeffion de Comédien François.
Nous avons vû dans quelques autres Eglifes, les Miniftres introduire ces nouveautés ; mais auffi, avons-
nous vû les Chefs, ou les Evêques
éclairés réprimer cette indifcréte
entreprife.

Pour admettre une uniformité

S

dans la Loi , il faut néceſſairement admettre une Loi ; or , nous n'avons trouvé nulle part ni Loi , ni maxime , ni fondement quelconque qui donne cours à une telle Excommunication contre la Comédie.

La Sépulture Eccléſiaſtique eſt le droit de tout Citoyen Fidéle , comment la refuſer, ſans être autoriſé par la Loi au Citoyen Fidéle mort dans ſa foi ? c'eſt un paradoxe incompréhenſible ; car l'Excommunication eſt un remede , & non un arrachement , *Remedium , non eradicatio ;* comment impoſer à un Citoyen mort dans ſa foi une pénitence après ſa mort ? lui qui n'eſt plus ſujet qu'au Jugement de la Divinité. Quel eſt ſon titre après ſa mort pour jouir du droit de cette inhumation, la Loi , ſa qualité de Citoyen & de Citoyen Fidéle. Que la Sépulture du Citoyen ſoit refuſée à un homme

condamné par la Loi à une mort
infamante ; ce refus est une suite
de la première peine qui lui est
imposée pendant sa vie, & non
une nouvelle peine après la mort.
C'est la suite d'une peine juridique, *pro vigore judiciario*, &
non une peine arbitraire qui se
prononce contre un homme mort.
Le contraire de ce sentiment est un
sentiment absurde & ridicule. Le
refus de baptiser les enfans des
Comédiens sous leur nom de Comédiens est un refus inoui; Jesus-
Christ & l'Eglise ne font accep-
tion de personne : le fils légitime
ou l'illégitime a part à leurs pro-
messes, & cette qualité n'a lieu
que dans l'ordre civil. Celui qui
croit & qui a été baptisé sera sau-
vé, dit Jesus-Christ, dit l'Eglise.
Le nom & l'origine de celui qui
croit ne fait rien à Jésus-Christ
ni à son Eglise. Il en est de même des parains & des mareines

qui demandent le Baptême, parce que cette demande dépend de
leur foi. C'eſt donc cette aſſuran-
ce de leur foi, qui eſt la porte qui
ouvre l'entrée au Baptême. Le
Miniſtre a le pouvoir de deman-
der le certificat de cette foi par
leur propre aveu ; & cette profeſſion déclarée , c'eſt au Miniſtre
à obéir à la voix des impétrans.

Quant au Sacrement de Ma-
riage , les ſeuls Hérétiques condamnés comme tels par la Loi de
la Nation , ainſi que nous l'avons
démontré au commencement de
cette diſſertation , en ſont exclus.
Les Proteſtans dans notre France
ne peuvent le recevoir & leur mariage ſeroit déclaré nul , nonobſtant la réception qu'ils en auroient faits. Pourquoi ? parce qu'ils
n'y croient pas ; pourquoi ? parce
qu'ils le profanent. Mais il n'en eſt
pas de même de la Comédie Françoiſe ; ſes Membres ne ſont nulle-

ment Hérétiques, ils croient, ils
font baptifés, ils font foumis aux
décifions de l'Eglife; & quand on
pourroit en douter, leur demande actuelle fait preuve de leur foi.

Le Tribunal de la Loi rompt
les engagemens des Proteftans; &
ce même Tribunal confirme ceux
des membres de la Comédie Françoife; l'Officialité même eft obligée
de les reconnoître, en voici une
preuve de nos jours.

La Demoifelle Duclos avoit é-
poufé Pierre-Jacques Duchemin,
tous deux Acteurs de la Comédie
Françoife; Duchemin fe pourvut à
l'Officialité de Paris pour faire déclarer fon mariage nul, fous prétexte que fa femme avoit, au tems
de fon mariage, un domicile différent de celui qui avoit été in-
diqué par fon contrat de mariage.
Duchemin demanda à être admis à
la preuve; par Sentence de l'Officialité du 21. Juin 1730. Duchemin

fut déclaré non - recevable ; fi les Membres de cette Comédie euffent été excommuniés , le mariage eût été déclaré nul , non à raifon des demandes de Duchemin , mais à raifon de l'Excommunication. Cette Sentence confirme donc le mariage de Duchemin , & une telle confirmation condamne ces Miniftres, dans les refus qu'ils font , de les admettre au Sacrement du mariage.

Appel de cette Sentence comme d'abus , & fur les Conclufions de M. l'Avocat Général Gilbert de Voifins, il fut dit qu'il y avoit abus dans la Sentence de l'Officialité , & nonobftant les raifons de Duchemin fon mariage avec la Demoifelle Duclos fut confirmé. Que peuvent oppofer les Miniftres de l'Eglife à des monumens fi refpectables , & qui ne peuvent être révoqués en doute ? finon le filence & la foumiffion. Que peut oppofer la Loi à l'opiniâtreté ? la force & la vigueur de fon autorité.

Je ne peux m'imaginer que la route que les Miniſtres de l'Egliſe ont fait prendre au Saint Sacrement au jour de la Proceſſion publique qui s'en fait tous les ans , ait pû être intervertie, à raiſon de l'emplacement de la Comédie Françoiſe , puiſqu'il feroit du dernier ridicule de priver les Fidéles de cette rue de la joie falutaire de cette Proceſſion ; les peines doivent être perſonnelles & non ſe répandre fur une multitude de Fidéles qui ne l'ont point mérités. Que des Infidéles demeurent dans une rue où cette Proceſſion paſſe ? Que l'Hôtel des Ambaſſadeurs extraordinaires foit dans l'endroit de la Comédie Françoiſe ? N'y auroit-il pas du ridicule de faire changer de route à la Proceſſion , parce que l'Ambaſſadeur Turc y feroit fa réfidence ? Je ne

peux donc admettre le change-
ment de route de la Proceſſion de
la Fête-Dieu qui avoit lieu par la
rue des Foſſés S. Germain, à raiſon de la Comédie Françoiſe, ſans
admettre un ridicule contre les
Miniſtres de ces Proceſſions ; ce
que je ne peux raiſonnablement
préſumer ; J. C. repris de converſer
& de manger avec des gens infâmes
ſuivant la Loi Romaine , déclare
n'être point venu pour les ſaints &
pour les juſtes; mais plutôt pour les
malades & les criminels.

Quant au refus que l'Egliſe fait
des perſonnes (des Acteurs &
Actrices de la Comédie Françoiſe) au temps des cérémonies publiques ; je ne ſçais ſur
quel prétexte ce refus peut avoir
légitimement lieu. Car ces Acteurs
& Actrices ſont impoſés aux aumônes des Paroiſſes, & le Com-
miſſaire des pauvres va retirer les
impoſitions qu'elles ſe font un devoir

voir religieux d'acquitter. **Les Be-**
deaux des Paroiſſes, les Eccleſia-
ſtiques chargés de recevoir les aumônes, ſoit pour Prédicateurs,
ſoit pour toute autre raiſon éco-
nomique, viennent recevoir leurs
aumônes : il y a plus, c'eſt que les
Bedeaux leur vont porter le pain
béni à leur tour, pour les avertir
de le porter le Dimanche ſuivant;
& cependant on leur refuſe de
porter en perſonnes ce même pain
béni; pourquoi deux poids & deux
meſures ? les Miniſtres les recon-
noiſſent Citoyens Fidéles, quand il
eſt queſtion de recevoir leurs aumônes, & les méconnoiſſent, quand il
eſt queſtion de leurs hommages perſonnels. Il y a donc dans cette conduite un exercice de pouvoir arbitraire qui ne peut ſe concilier avec
les ſentimens d'une droite raiſon.

Enfin pour terminer cette diſſertation, il nous a été aſſuré que
le Pape Clément XIII. aujour-

T

d'hui affis fur la Chaire de S. Pierre,
avoit écrit à Sa Majefté le Roi de
Pologne, Duc de Lorraine, que
les Comédiens n'étoient nullement
excommuniés. Comme nous n'a-
vons pû avoir copie de cette Lettre, nous n'en faifons mention que
dans l'ordre de l'affurance que l'on
nous a donné de fon exiftence.

Ce qu'il y a de certain c'eft qu'à
Strasbourg & plufieurs autres Eglifes de France, dont quelques-unes
avoient voulu ufer de leur prétendu pouvoir arbitraire d'excommunier, cette innovation n'a pas eu
de fuite par la fermeté éclairée des
Evêques de ces Eglifes, & qu'à préfent les Comédiens de ces Provinces
jouiffent des droits de Citoyen Fidéle, fans aucun trouble. A plus
forte raifon une Société académique fondée en Lettres-Patentes
dans la Capitale du Royaume, doit-
elle être exempte de toutes ces en-
treprifes.

CONCLUSION.

De tout ceci, il semble qu'il y ait lieu de conclure, que la Loi de la Nation a seule le droit de décider de la liberté des droits du Citoyen, & de ceux de l Fidéle extérieurement unis au Citoyen ; & qu'à cet égard les Ministres de l'Eglise sont impuissans de priver le Citoyen des droits extérieurs du Fidéle, hors le cas de la Loi.

Que conséquemment n'y ayant en France aucune Loi qui donne un libre exercice au pouvoir de l'Excommunication contre la Comédie Françoise, les Ministres de cette Eglise n'ont aucun pouvoir à cet égard.

Qu'au contraire la Comédie Françoise étant revêtue en France dans l'ordre de son établissement du caractère de Citoyen par Lettres-Patentes enregistrées au Parle-

T ij

ment, & que n'ayant point contre
elle aucune maxime canonique revêtue du caractère de publicité;
les Ministres de l'Eglise abusent
constamment de leur pouvoir, si
dans ces circonstances ils l'em-
ployent contre les Acteurs &
les Actrices de la Comédie Françoise.

A tous égards, & quoique cette
conclusion soit mon sentiment, la
Comédie Françoise agira très-pru-
demment de produire leurs Mémoires & cette Dissertation sous les
yeux de Jurisconsultes éclairés, &
d'avoir leurs avis.

POST-SCRIPTUM

DE L'EDITEUR.

CEt Ouvrage-ci s'imprimoit quand il a paru une brochure intitulée : *Examen des principes d'après lesquels on peut apprétier la réclamation attribuée à l'assemblée du Clergé de* 1760, dans laquelle l'Auteur, *p.* 27 & 28. décide d'un ton dogmatiquement affirmatif l'Excommunication de la Comédie Françoise. Nous avons pensé que cet affirmatif exigeoit de nous d'en conférer avec les Auteurs de la dissertation & de la consultation, qui tous deux & d'un commun accord, n'ont pas jugé à propos d'y répondre, cet affirmatif n'ayant que Gratien, un prétendu Concile d'Arles & l'Auteur de la Brochure pour autorités ; autorités qu'ils sçavoient avant la publicité de la Brochure. Mais comme j'ai été fort aise de profiter de leurs lumières, ces MM. me pardonneront si je fais part au Public de la Conférence qu'ils ont bien voulu m'accorder à ce sujet. Dans cette conférence il a été dit :   T iij

1°. Que l'avis de S. Cyprien que pro-
pose l'Auteur de la Brochure , *p.* 27. foit
vrai, foit faux, cet avis n'eft point une Loi
qui décide des droits du Citoyen ; à cet
égard cet avis eft fort indifférent à la
queftion qui fait la matière de cet Ouvrage ; auffi on trouve , *pag.* 87. de
la differtation , le refpect que l'Auteur
dit , que l'on doit garder fur les avis
des Pères de l'Eglife à cet égard ; mais
*qu'autre chofe eft l'ordre des vertus chré-
tiennes , autre chofe l'ordre de la Loi ;*
c'eft encore ce que cet Auteur répete ,
p. 95. où il dit, que dans l'ordre des vertus chrétiennes il s'en rapporte aux juftes
décifions des Pères de l'Eglife.

2°. Que le Concile d'Arles , tenu fuivant l'Auteur de la Brochure , en l'année
314 , eft un Concile très-incertain ; le
P. Hardouin rapporte ce Concile , mais
feulement comme tradition très-incertai-
ne , *ut quidam afferunt* , dit ce Compilateur au texte de ce Concile ; eh ! qui eft
l'Auteur qui affure ce fait , c'eft, dit-il ,
le Moine *Gratien.* Le P. Hardouin ne
rapporte donc ce Concile que fuivant la
tradition de *Gratien ;* or *Gratien* n'a jamais paffé dans l'efprit de ce Compilateur , que comme un Compilateur
qui n'emportoit aucune confiance , ou

que comme un Compilateur que Grégoire XIII. méprisoit avec beaucoup de
raison , puisque ce Pape le traite d'imper-
tinent & d'imposteur dans son Epître en
tête de la réformation de ses compilations du 2. Juin de l'année 1082. *Is li-
ber mendis , testimoniorum depravationibus
plenissimus.* Ce Concile d'Arles , tenu en
314 sous l'Empereur Constantin , paroît
être du nombre de ces témoignages dépra-
vés , dont parle Grégoire XIII. Aussi le P.
Hardouin, dit-il, *ut quidam asserunt*, en rap-
portant ce Concile , & en plaçant de suite
Gratien pour autorité & pour garant très-
incertain de ce Concile ; mais à tous
égards quand ce Concile existeroit , il
paroît impossible de l'appliquer à l'Excommunication dont cet Ouvrage parle ,
en voici les raisons :

1°. Le Canon 4e. de ce Concile parle
des Gladiateurs , des Jeux de Course ,
&c. lesquels se faisoient dans les Cir-
ques ; Jeux qu'il ne faut point confondre avec ceux des Histrions , encore
moins avec ceux de la Comédie Françoise qui n'a existé dans nos mœurs que
plus de 1200 ans après le Concile d'Arles.

L'Auteur de la Brochure ne paroît pas
avoir connoissance des mœurs des Ro-

mains ; c'eſt pourtant cette connoiſſance qu'il faut avoir pour ſentir la force des Loix ; & ſur-tout la vérité de ce principe qu'on ne peut jamais étendre la rigueur des Loix au dela de leurs diſpoſitions textuelles ; c'eſt ce principe que l'Auteur de la diſſertation établit, *p.* 51.

Or, le Canon 4ᵉ. parle des Jeux du Cirque & non des Hiſtrions ; ces Jeux ne font point à confondre ; les premiers étoient des Jeux barbares & féroces qui étendoient le vaincu entre les bras de la mort ; les autres au contraire ne s'étendoient qu'à des bouffoneries, il n'y avoit ni mort ni mutilation de membres à craindre.

Ce Canon 4ᵉ. ne parle que des Jeux du Cirque , en voici les propres termes : *De circiſſariis agitatoribus qui fideles ſunt placuit eos quandiu agunt à communione ſeparari ;* mais il ne parle nullement des Hiſtrions. Donc ces Jeux , n'étant point compris dans cette Loi de rigueur, en font exclus. Tel eſt l'ordre des Loix que l'Auteur de la Brochure ne changera jamais.

L'Auteur de la Brochure ne paroît pas interpréter ce Canon dans ſon ſens préſenté ; il dit que ce Canon ordonne de refuſer la Communion aux Chrétiens qui conduiſent des chariots dans le Cirque &

aux Jeux de Théâtre ; pas un mot, comme
on voit, des gens de Théâtre ; pas un mot
des Conducteurs de Chariots , mais des
Athletes qui combattoient ; le mot *circif-
fariis agitatoribus* , les défignent expreffément , & non les Conducteurs de leurs
voitures ; cette erreur eft commune à tout
Ecrivain qui traduit littéralement , & qui
ne connoît pas l'efprit de ce qu'il traduit.

2°. Mais quand ce Canon feroit vrai , &
qu'il s'appliqueroit à tous les Théâtres ; ce
Concile ne feroit encore rien en faveur de
l'Excommunication dont on parle : car ce
Concile ne parle que de la féparation de la
Communion , comme pénitence. Dans le
fens de ce Concile , cette féparation ne s'é-
tend que de la Communion Euchariftique.
Cette féparation eft une peine contre le Fidéle intérieure & privée, qui ne trouble pas
l'ordre du Citoyen. Qu'un Confeffeur refufe
l'abfolution à un Acteur ou à un Spectateur
de la Comédie Françoife, les Auteurs de la
differtation & de la confultation n'entrent
point dans cette queftion ; l'Eglife à cet
égard a un pouvoir indépendant ; puifque
ce pouvoir ne peut toucher aux droits du
Citoyen

Quand ce Concile entendroit même
l'exclufion de la Communion des Fidéles,
comme celle qui fut prononcée par l'E-

glife de Corinthe ; cette exclufion qui ne
regarde que le commerce du Fidéle ne rou-
chant point aux droits du Citoyen eft fort
peu importante à la queftion préfente ;
puifqu'on abandonne le Fidéle à l'Eglife,
mais qu'on referve le Citoyen à la protection de fa Loi.

Mais enfin, quand ce Concile feroit vé-
ritable, & que le Canon porteroit exactement la peine de l'Excommunication ; ce
Canon ne peut attaquer les droits de Citoyen-Fidéle, n'ayant jamais été reconnu
par la Loi Impériale de laNationRomaine;
caractère fans lequel nous avons droit de
rejetter ce Canon, comme attentatoire aux
droits de Fidéle-Citoyen.

Si l'Auteur de la Brochure eût lû le P.
Hardouin qui le premier eft tombé fous la
main, il auroit vû à côté de ce Concile
dont il parle, & dans le même temps une
Lettre que *Gratien* attribue à Conftantin,
fans datte & fans foufcription, dans laquelle il fait dire à ce grand Empereur
les *imbécillités* les moins pardonnables.
En voici un trait : cet Empereur renvoie
aux Gens d'Eglife le jugement des cau-
fes des Fidéles, attendu qu'il eft indigne de les juger, *meum Judicium po-*
ftulant, qui ipfe Judicium Chrifti expecto.

Toutes ces circonftances réunies prouvent la fauſſeté de ce Concile, parce qu'en 314, Conſtantin n'étoit point encore Chrétien ; à peine étoit-il paiſible poſſeſfeur du Trône Impérial ; en effet, ce ne fut qu'en 312 à 313 qu'il défit Maxence, ſon Concurrent ; c'eſt dans l'ordre de la bataille qu'on lui attribue ce ſigne miraculeux qui fut l'origine de ſa converſion. C'eſt en 313 à 314 qu'il défit encore Licinius, dernier de ſes Concurrens, & qu'il fut décoré par le Sénat du titre de *Premier Empereur*. Comment, à peine tranquille ſur le Siége Impérial, à peine éclairé des lumières de la Foi, eût-il fait aſſembler un Concile de diſcipline ? Auſſi le premier Concile qui fut tenu depuis ſa converſion, fut un Concile aſſemblé à Arles, intitulé *Le Premier*, contre les Donatiſtes ; & un en 325 à Nicée. Ce Prince étoit à juſte titre ſi jaloux de ſes droits, qu'il ne ſouffrit jamais aucun Rit extérieur dans l'Egliſe, ſans ſon aveu ; ce fut lui qui publia l'Edit de ſolemniſer le Dimanche, en date du 3 Mars 321.

Ce Concile, ſur-tout celui de Nicée, ne reçut le caractère de publicité qu'en 380, par les Edits des Empereurs ; c'eſt dans ce même temps que ces mêmes Edits firent les diſtinctions des délits ſujets à la peine de l'infamie & de l'Excommunication, &

de ceux feulement fujets à la peine de l'infamie, en rejettant tout autre Concile qui
auroit pu porter atteinte aux droits du Citoyen. *Voy. p. 24 & fuiv. de la Diſſert.*

C'eſt cependant d'après de telles autori-
rités fuſpectes par elles-mêmes & à tous
égards dénuées du fens & de l'application
qu'en donne l'Auteur de la Brochure qu'il
dit d'un ton affirmatif : *Ces Canons qui furent étendus dans la fuite à tous les Bala-
dins, Farceurs, Danſeurs de corde, Comédiens, &c. ont été admis même dans la
pratique par la puiſſance féculière.*

Quelle autorité donne cet Auteur, &
de cette extenſion, & de l'admiſſion par la
puiſſance féculière. Lui-même, & lui-même appuyé de *Gratien*, & d'un feul Canon
de ce prétendu Concile d'Arles de 314.

L'Auteur de la diſſertation renverſe ce
ton affirmatif par les recherches les plus
aſſidues, qui toutes concourent à démontrer
que jamais l'Egliſe n'a formé de Canons de
diſcipline contre la Comédie, & qu'aujour-
d'hui même on fomme l'Auteur de la Brochure d'en rapporter qui exiſtent dans l'ordre des Loix Civiles & Canoniques, dont le
Lecteur eſt à préſent fuffiſamment inſtruit.

¶ *Il eſt bon de lire ici la réponſe à la Lettre
de Mademoiſelle Cla* * * *laquelle fe trouve
dans la partie préliminaire de cet Ouvrage.*

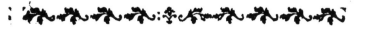

CONSULTATION.

L E CONSEIL SOUSSIGNÉ
qui a vû les Mémoires ci - joints,
eſtime que la difficulté qui ſe ren-
contre dans l'objet de la Queſtion
propoſée ſur l'Excommunication
contre le Citoyen-Fidele, conſiſte
uniquement dans cette confuſion
d'idées que l'on paroît avoir fait du
pouvoir de l'Egliſe & de l'autorité
de la Loi. Développons les idées,
la confuſion ceſſe & la Queſtion eſt
réſolue.

Il y a, ſans contredit, dans l'ordre du Gouvernement monarchique de la France, ainſi que dans
celui de Rome Chrétienne, une
alliance ſacrée & inhérente au ſujet de ces deux ſubſtances incorporelles de Citoyen & de Fidéle ;
mais la Loi conſervatrice ne perd

aucun de ſes droits ſur le Citoyen;
de ſorte qu'elle reſte immuable-
ment & ſans aucune autorité rivale
& concurrente, conſervatrice des
droits extérieurs du Citoyen-Fidéle. Bien loin donc que par cette
alliance le pouvoir de l'Egliſe ait
acquis une autorité ſur le Sujet,
ce même pouvoir, dans l'ordre de
ſon exercice, eſt lui-même devenu
dépendant de l'autorité de la Loi.
On s'explique.

*Les hommes naiſſent Citoyens,
avant de devenir Chrétiens; ainſi
l'Egliſe eſt dans l'Etat* (a): conſéquemment la même Loi qui a fondé les droits du Citoyen, a ſeule
l'autorité de les lui conſerver; ſuivant cet axiome, tiré de la Loi
des 12 Tables, *ſalus populi ſuprema
Lex eſt.*

_____

(a) Maxime ſixiéme de l'expoſition de la
doctrine de l'Egliſe Gallicane tirée de l'Ouvrage poſthume de M. de Marſais.

Nous naiſſons, à la vérité, tous
libres dans l'ordre de la nature;
mais dans l'ordre du Gouvernement politique de chaque Société
ſubdiviſée des hommes, & ſur-tout
dans l'ordre d'un Gouvernement
monarchique, la liberté eſt fixée
& ſujette à un certain ordre con-
venu, & autoriſé des Puiſſances
qui en ſont les Chefs dans l'ordre
de cette convention appellée *Conſtitution*; & cet ordre eſt ce que
nous appellons la Loi de la Société, la Loi de l'Empire, la Loi
de la Nation, ou le droit des gens;
& l'autorité par laquelle l'exercice
de cette Loi a lieu, eſt ce que
nous appellons *Puiſſance*; auſſi,
bien loin que cette Loi nous enleve à notre liberté, elle nous en
conſerve au contraire les prétieuſes
prérogatives; car la liberté ne conſiſte pas à faire tout ce que l'on
veut; mais à bien faire le bien que
l'on ſe propoſe : *Non enim magis*

liberi fumus , cùm legum fervi fimus,
dit Tacite.

La Loi ainfi entendue , a deux
points principaux à conferver à
une Nation. 1°. La liberté, ou le
droit des gens de la Nation contre tout pouvoir étranger. 2°. La
fûreté des perfonnes & de leurs engagemens , ou le droit civil. C'eft
ce tout enfemble que la Loi première aux Inft. tit. 2 , enveloppe
dans fa définition. Cette Loi ff. 2.
diftingue cette double prérogative
de la Loi : *Jus autem civile à jure*
gentium diftinguitur ; quod omnes
populi qui legibus & moribus re-
guntur, paffim fuo proprio , paffim
communi omnium Jure utuntur.
Nam quod quifque populus ipfe fibi
Jus conftituit, id ipfius proprium Ci-
vitatis eft , vocaturque Jus civile ,
quafi Jus proprium Civitatis ; quod
verò naturalis ratio inter omnes ho-
mines conftituit; id apud omnes per
æquè cuftoditur , vocaturque Jus
gentium

*gentium , quaſi quo Jure omnes gen-
tes utuntur :* c'eſt cependant ce tout
enſemble que M. Domat & les Ju-
riſconſultes appellent le droit de
la France , *Juriſconſulti paſſim ,* ou
le droit de la Nation , ou le droit
des gens ; parce que ce tout enſemble forme le droit du Citoyen ;
c'eſt auſſi le ſentiment de cette
même Loi , lorſqu'elle dit : *Jure
enim naturali omnes homines initio
liberi naſcuntur ;* mais l'ordre de
l'exercice de cette liberté , eſt ce
qu'on appelle le droit des gens de
la Nation : *Jus autem gentium omni
humano generi commune eſt , nam
uſu exigente & humanis neceſſitati-
bus gentes humanæ Jura quædam ſibi
conſtituerunt.*

Le Citoyen , en naiſſant , dépoſe
l'exercice de ſa liberté entre les
mains de la Loi de ſa Nation ,
& lui prète le ſerment de fidélité ; de ſorte que cette Loi , en
recevant ce ſerment , devient elle-

V

même garente des droits du Citoyen.

L'alliance du Fidéle au Citoyen
étant l'effet de la Loi de la Nation, la Loi eſt donc garente envers le Citoyen des droits de Fidéle, unis à ceux de ſa qualité de
Citoyen; conſéquemment la Loi
de la Nation forme avec empire
l'exacte obſervance de ces droits,
tant ſur le Citoyen qui jouit de ces
droits, que ſur le Miniſtre chargé
de les lui conférer.

L'Etat, dit l'Auteur des Maximes ſur les Libertés de l'Egliſe
Gallicane (a), *eſt la collection ou
l'aſſemblage des Citoyens, ſous les
mêmes Loix & ſous la même Puiſſance temporelle : en tant que Citoyens, nous ſommes ſoumis aux
Loix civiles de l'Etat où la Providence nous a fait naître*, & conſéquemment cette même Loi eſt
engagée par notre ſoumiſſion, à

(a) M. de Marſais.

nous faire jouir de nos droits. La condition & l'engagement font réciproques & finalgmatiques. Faifons à préfent l'application de cette Loi de la Nation, ou de ce droit des gens, au pouvoir des Miniftres de l'Eglife.

On convient que le pouvoir de l'Eglife eft dans foi & dans fa nature indépendant; mais auffi il faut convenir que l'exercice de ce pouvoir, dans l'ordre extérieur du Fidéle & du Citoyen, eft très-dépendant. 1°. L'exercice de ce pouvoir fur le Fidéle, dépend des décifions de l'Eglife; c'eft le vœu de cette Maxime canonique que l'Auteur du Mémoire a tant de fois répeté : *Nemo Epifcopus, nemo Prefbyter excommunicet aliquem , nifi caufa probetur, & propter quam hoc Canones fieri jubent.* Cette Maxime tire fa force du droit général des Fidéles , qui, n'ayant voué leur foumiffion qu'aux décifions de l'E-

glife , ces mêmes décifions doivent être garentes des droits de Fidéle.

2°. L'exercice de ce pouvoir fur
le Citoyen-Fidéle, dépend de l'au-
torifation que la Loi a donné aux
décifions de l'Eglife. Examinons
ces deux fortes de dépendances, &
commençons par cette dépendance
qui regarde le Fidéle feul, dans l'ordre des décifions de l'Eglife.

La preuve de cette dépendance
eft développée dans le Mémoire
ci-joint , mais dans une forme qui
paroît trop générale ; auffi nous
bornons-nous ici à faire quelques
remarques effentielles & relatives à
nos propres Conftitutions, dans l'ordre de l'introduction de l'Eglife en
France.

Dans l'ordre de cette introduction , nous n'avons reçu que les
décifions de l'Eglife, telles que nos
pères les ont données , *à majoribus
traditæ* , fans fouffrir aucune divi-

fion, aucune altération, aucune
nouveauté, & encore moins, aucun
arbitraire. Cette Loi eſt le droit
commun de la Nation, *Jus gen-*
tium Civitatis, ou plutôt, *Jus pro-*
prium Civitatis. Cette Loi eſt le
vœu de nos pères dans la Foi, *à*
majoribus traditæ, dit la Loi 1. au
Code, tit. 1.

La douziéme Maxime de nos
Libertés, eſt celle-ci, ſuivant tous
nos Auteurs, telle qu'elle a été
recueillie par feu M. de Marſais.
» La puiſſance du Pape & celle
» des autres Evêques ne doit être
» exercée que ſuivant les ſaints
» Canons ; c'eſt - à - dire, ſuivant
» les regles que l'Egliſe univerſelle
» a établies dans ſes Conciles.

Cette Maxime eſt le vœu de
l'Egliſe elle-même, au point, que
les Pères de cette Egliſe prononcent anathême contre tout Miniſtre qui iroit au-delà des déciſions
textuelles de ces Canons.

Le Pape Zozime (au cinquiéme Concile) dans une Lettre dont Gratien (*a*) rapporte lui-même les paroles dans la seconde partie de son Décret, cauf. 25, queft. 1. dit expreffément, que nulle Puiffance dans l'Eglife ne peut donner lieu, ou à tranfgreffer, ou à changer, ou à innover fur les décifions de l'Eglife ; parce que la foumiffion des Pères à l'Eglife, eft appuyée fur les décifions inébranlables de l'Antiquité : *Contra ftatuta Patrum condere aliquid, vel mutare, nec hujus quidem fedis autoritas poteft ; apud nos enim inconvulfis radicibus vivit antiquitas, cui Decreta Patrum fanxere reverentiam.*

Le Pape Jules I, au quatriéme fiécle, écrivant aux Orientaux, s'explique en ces termes : Qu'il ne convient point de faire cette injure aux Evêques qui affiftent aux

_____

(*a*) *Gratien* eft confirmé en ce fait par des autorités refpectables.

Synodes & aux Conciles, que de traiter de vain & d'inutile , ce qu'ils ont décidé avec tant de foin , & comme en la préfence de Dieu; & qu'en tout il fe fait honneur de n'agir que conformément à leurs décifions , fans y rien ajouter ou innover : *Id verè ad Synodi & Epif-porum qui in Concilio (Nicæno) fuerunt contumeliam vergeret ; fi quæ illi tanto ftudio & curâ velut Deo præfente egiffent , à nobis, ut vana futiliaque abrogarentur....nos omnia fecundùm Canones facimus.*

Saint Léon , dans fon Epître 80 , *alias 53 ad Anatolium*, dit expreffément, que les décifions du Concile de Nicée font les Loix de la difcipline de l'Eglife , immuables à l'éternité ; qu'elles font les Conftitutions de l'Eglife univer-felle, & qu'il caffe & abroge tout ce qui pourroit tendre à quelque innovation ; parce que les Loix généralement acceptées ,ne doivent jamais être fujettes à aucune augmentation, ni à aucune inno-vation : *Sancti illi & venerabiles. Patres qui in Urbe Nicœnâ facrilegio Ario cum fuâ impietate damnato, manfuras ufque ad finem mundi Leges Ecclefiafticorum Canonum condiderunt, & apud nos in toto orbe terrarum in fuis conftitutionibus vivunt; & fi quid ufquam aliter quam illi ftatuerunt præfumitur, fine cunctatione caffatur; ut quæ ad perpetuam utilitatem generaliter inftituta funt, nullâ commutatione varientur.*

Le Pape Céleftin I, dans fon Epître aux Evêques d'Illyrie, dit qu'il ne faut pas que les Papes ni les Evêques dominent fur les Regles, mais que les Regles dominent fur leur conduite, & qu'ils font obligés de fe conduire fuivant les Canons : *Dominentur illis regulæ, non regulis dominemur, fimus fubjecti Canonibus qui Canonum precepta fervamus.*

Saint :

Saint Grégoire-le-Grand , Lib.
1. *Indict.* 9. *Epist.* 24. *ad Joan.*
Constantinopol. dit expreſſément ,
qu'il n'a de ſoumiſſion & de reſpect qu'aux Canons des quatre
premiers Conciles *(a)*, comme aux
quatre Evangiles ; & que tout ce
qui innove, tend à détruire le droit
commun de la Foi. Qui peut être
aſſez oſé de délier ce qu'ils lient,
& de lier ce qu'ils délient. Et ailleurs , *Lib.* 2. *Ind.* 2. *Epist.* 52. Je
ne ſais qui vous êtes, ſi vous n'ob-
ſervez point les Canons , & qui
ajoutez ou changez ceux de nos
Pères: *Sicut ſancti Evangelii quatuor*
libros ,ſic quatuor Concilia ſuſcipere
& venerari me fateor . . . . . cunctas
verò quas præfata veneranda Conci-

(a) Ce ſont ces quatre premiers Conciles
qui ſoient & ſeront les ſeuls , que l'Empire Romain & notre France aient revêtus du
caractere de publicité dans l'ordre de la Foi ,
parce qu'ils ſont les ſeuls qui établiſſent le vrai
ſens de notre commune Foi.

X

*lia personas respuunt , respuo ; quas
venerantur , amplector ; quia dum
universali sunt consensu constituta,
si & non illa destruit , quisquis præ-
sumit aut solvere quod ligant , aut
ligare quod solvunt.* Et ailleurs : *Si
Canones non custoditis & majorum
vultis statuta convellere , non co-
gnosco qui estis.* A quoi le Pape
Martin I. ajoute que les Papes sont
les gardiens, & non les prévarica-
teurs des Canons : *Defensores enim
Canonum & custodes sumus , non pre-
varicatores. Part. I. Epist. 5 ad Joan.
Philadelph. Epist.*

C'est aussi sur ces autorités de
nos Pères dans la Foi, & d'une in-
finité d'autres, qu'il seroit trop long
de rapporter , que cette maxime
du Droit canonique a lieu ; laquelle fait défense à tout Evêque
& à tout Prêtre , d'excommunier
aucun Fidéle, sans être appuyés des
décisions de l'Eglise : *Nemo Episcopus , nemo Presbyter excommuni-*

cet aliquem , niſi cauſa probetur , &
propter quam hoc Canones fieri jubent.

C'eſt auſſi ſur ces autorités que
la maxime de nos Libertés a lieu,
conformément au droit commun
de la Foi , fondé ſur cette vénéra-
ble antiquité que les Pères prennent pour regle de leur conduite,
de leur ſoumiſſion & de leur reſpect.

Telle eſt donc la dépendance
du pouvoir exercitif des Miniſtres
de l'Egliſe dans l'ordre du Fidéle ;
1°. que le Fidéle ne doit de ſoumiſſion, que dans l'ordre des déciſions
de l'Egliſe & de ſes Canons ; 2°.
que le Miniſtre n'a aucun pouvoir
ſur lui , qu'autant qu'il eſt appuyé
ſur les déciſions de l'Egliſe & des
Canons de ſes Conciles. Mais dans
l'ordre du Citoyen - Fidéle , il eſt
encore une autre claſſe de dépendance, dans laquelle l'exercice du
pouvoir de l'Egliſe eſt auſſi con-
ſtamment renfermé. Examinons la
nature de cette dépendance.

Dans l'ordre de cette dépendance, il ne fuffit pas que les Canons aient prononcés, il faut que ces Canons, pour lier le Citoyen-Fidéle, foient autorifés par la Loi de la Nation.

L'Auteur du Mémoire paroît avoir approfondi cette autre Queftion ; mais comme nous ne l'examinerons ici, que dans l'ordre de nos Conftitutions, il faut ajouter à l'étude de cet Auteur, celle de nos propres mœurs.

La liberté du Citoyen-Fidéle, François, confifte à ne dépendre que de l'autorité du Souverain & de la Loi de fa Nation dans l'ordre des Conftitutions de fon Etat Monarchique ; les Miniftres de l'Eglife ne peuvent donc, de leur propre autorité, exercer aucun pouvoir contre cette Liberté , mais feulement par la voie de la Loi de la Nation ; de forte qu'il faut que les Canons, **en vertu defquels ces**

Miniſtres prétendent exercer le pouvoir ſur le Citoyen-Fidéle, ſoient reçus comme Loi de la Nation ſous l'autorité du Souverain, dans l'ordre des Conſtitutions de la Nation. Cette maxime ſacrée eſt le point fondamental de la Monarchie Françoiſe, & elle conſiſte à récuſer toute Loi, tout pouvoir & toute autorité étrangères.

» Comme la diſcipline regarde
» un certain ordre extérieur & de
» pratique, les Souverains, dit M.
» de Marſais y ont intérêt (a); ain-
» ſi ils peuvent s'oppoſer à ce qui
» ne paroît pas conforme à leur
» Gouvernement & au bien de leur
» Etat. Il n'eſt jamais arrivé qu'il
» y ait eu des croyances differen-
» tes ſur les dogmes; mais il y a
» toujours eu dans les Egliſes par-
» ticulières des uſages particuliers

_____

(a) Pag. 28 du 1. vol. ſur l'article premier de ſon Introduction à la connoiſſance des Libertés de l'Egliſe Gallicane.

» pour la difcipline. Il y avoit au-
» trefois les ufages de l'Eglife d'A-
» frique, de l'Eglife Grecque, de
» l'Eglife Latine, de l'Eglife d'An-
» gleterre, de l'Eglife de France,
» &c. Enfin aujourd'hui les Eglifes
» des Royaumes particuliers ont
» des ufages qui leur font propres,
» qu'elles confervent, & que l'E-
» glife a toujours refpectés; » & ces
ufages font à cet égard ce qui conftitue le droit des gens, le droit de
la Nation & le droit du Citoyen :
Jus proprium Civitatis.

» Deux conditions, continue
» cet Auteur, font réquifes pour
» donner la perfection de la Loi
» en matière de difcipline. 1°. L'or-
» donnance du légitime Légifla-
» teur. 2°. L'acceptation des peu-
» ples qui donne à la Loi fa der-
» nière forme » dans l'ordre, entend notre Auteur, des Conftitutions des Etats.

C'eft fur ces principes que cet

Auteur a rapporté la huitiéme Maxime, dont nous avons donné plus
haut le commencement, qui dit
*qu'en tant que Citoyens, nous fom-
mes foumis aux Loix civiles de l'E-
tat où la Providence nous a fait naître ;* & en tant que Fidéles . . . .
nous devons nous foumettre à la
difcipline que l'Eglife a établie, &
qui eft *autorifée dans l'Etat où nous
vivons.*

Suivant nos Conftitutions, ces
conditions de la Loi relativement
aux Canons, Brefs ou Bulles des
Papes, doivent avoir lieu par la
forme des Lettres-Patentes enre-
giftrées aux Parlemens : conféquemment, fuivant nos Conftitutions, les Miniftres de l'Eglife n'ont
aucun pouvoir fur le Citoyen-Fidéle, de quelque autorité qu'éma-
ne ce pouvoir, fi cette autorité n'eft
point autorifée par cette forme pref-
crite par nos Conftitutions.

Ces principes fondamentaux de

X iv

notre autorité monarchique , dont
perfonne ne peut douter , ont donné lieu à la Maxime feiziéme de
nos Libertés , qui dit *que les Décrets de Rome*, (il en eſt de même
de tout Concile ou de tout autre
Canon non autoriſé par l'uſage
ancien de la Monarchie) *n'obligent
point . . . il faut que le Roi les autori-
ſe par Lettres-Patentes.*

Cette Conſtitution de la France , eſt la Conſtitution de preſque
tous les Royaumes Chrétiens-Ca-
tholiques. Dans les Pays-Bas , ces
Décrets doivent être préſentés au
Conſeil pour être vûs , viſités &
examinés, avant d'être mis à exécution : c'eſt la diſpoſition de Phi-
lippe II , Roi d'Eſpagne en 1574 ,
qui a toujours été obſervée depuis
avec exactitude , diſent *Vaneſpen* &
Covarruvias.

Ce réglement s'obſerve auſſi en
Savoie , en Toſcane , en Sicile ,
dans le Royaume de Naples , &

dans les autres Etats d'Italie, auffi bien qu'en Allemagne , par Ordonnance de l'Empereur Rodolphe en 1586.

En 1436, Jean II, Roi de Portugal, voulut abolir cette Conftitution ; les Etats s'y oppoferent, & lui dirent qu'il ne lui étoit pas permis de difpofer des droits de la Nation : *Non licet Regi tale Jus à fe abdicare , in prejudicium Regni & fubditorum.* Ceci fe trouve dans *Aug. Manuel. in vitâ Joan. 2. Liv. 4. p.* 174 (*a*) : d'où Vanefpen conclut avec tous les Jurifconfultes , que

───────────────

(*a*) Jean II n'en céda pas moins fes droits au Pape ; mais D. Emmanuel fon Succeffeur , bien loin de ratifier cette ceffion indifcrette , fit faire le procès à deux Rel ***. D ***. atteints & convaincus d'avoir prêché le carnage des Juifs dans Lisbonne , le Crucifix à la main ; & en deux jours ces deux féditieux furent condamnés à être brulés dans la Place du *Rocio,* ce qui fut exécuté fans le concours du Pape. V. Feyoo, Theatro critico univerfali , Tom. 3 , *Milagros fuppueftos ; miracles fuppofés.* Et encore V. P. Francifco de S. Maria anno hiftorico.

cet ufage eft fi général & fi ancien,
qu'il appartient aux droits des
gens, & qu'il eft une fuite du droit
naturel qui oblige à fe défendre :
ce qui a fait dire à M. Bignon dans
fes notes fur Marculphe qui a re-
cueilli au 7ᵉ. fiécle les formules
ou Lettres de nos Rois ; que
les Canons , les Conciles , ou
les Bulles des Papes avoient befoin , pour être executés, de leur
promulgation en forme de Loi :
*Satis oftendit hoc lemna non pri-
vilegio tantum Epifcopi , fed & con-
fenfu & confirmatione Regis opus
fuiffe.* Enfin , il eft conftant que
cet ordre de gouvernement a toujours été obfervé par les Parlemens
manutentionaires & fidéles dépo-
fitaires & confervateurs de la Loi
& des droits du Citoyen , qui ne
fouffrent & ne fouffriront jamais
qu'il en foit autrement, au préjudice des droits de la Couronne & des
Sujets.

Telle est donc cette double dépendance dans l'ordre de l'exercice du pouvoir des Ministres de
l'Eglise, de ne pouvoir rien entreprendre contre le Fidele, sans le
concours des Canons, & contre le
Citoyen-Fidéle, sans le concours
de la Loi de la Nation qui autorise
l'exercice de la maxime de ces mêmes Canons.

D'après ces principes, il est fa-
cile de se décider sur la Question
de l'Excommunication proposée
contre les Acteurs & Actrices de la
Comédie Françoise.

A envisager ces Acteurs & Actrices de la Comédie Françoise,
dans l'ordre de leur établissement,
dont l'Auteur du Mémoire fait
mention avec étendue ; nous ne
pouvons nous empêcher de les con-
sidérer comme Citoyens par naiss-
sance, & Citoyens par état ; la Loi
est donc garente de leurs droits
de Citoyen ; nous pouvons encore

moins ne les point confidérer comme Fidéles ; leur réclamation contre l'Excommunication nous con-
vaint de leur foi & de leur croyance.

Les Canons de l'Eglife font encore garents de leurs droits extérieurs de Fidéle : pour prouver cette garentie, examinons ces Acteurs
comme fimplement Fidéles.

Sous ce point de vue , il faut
fçavoir, s'il y a quelques Canons ,
s'il y a quelques Conciles qui les
aient condamnés par état à la peine de l'Excommunication. L'Auteur du Mémoire dont nous avons
fuivis exactement les recherches ,
n'en a trouvé aucun , ni dans l'ordre ancien des Spectacles de Rome , ni dans l'ordre nouveau des
Spectacles de la Comédie Françoife ; à cet égard , les Miniftres
de l'Eglife n'ont donc aucun pouvoir de mulcter de cette peine les
Acteurs & Actrices de la Comédie
Françoife.

Mais quand, par impoſſible, les
Miniſtres de l'Egliſe prétendroient
qu'il y en eut, il faut de toute néceſſité qu'ils prouvent que la Loi
de la Nation a autoriſé cet exercice de pouvoir, preuve qui leur
eſt impoſſible de rapporter, puiſque la Loi de la Nation les conſerve, non - ſeulement dans les
droits de Citoyen auxquels ceux
de Fidéle ſont intrinſéquement &
individuellement liés par la Loi de
cette même Nation ; mais encore,
qu'ils conſervent dans leur état les
qualités, les priviléges les plus précieux de la Nobleſſe.

La nature de la Comédie Françoiſe, ſa pureté dans l'ordre des
mœurs politiques, la ſupériorité de
ſes Acteurs & de ſes Actrices, le
haut point de gloire dont elle & ſes
Auteurs illuſtrent la Nation, ne
ſont ici que de ſimples conſidérations; qui, ſi elles étoient dénuées
de la puiſſance de la Loi, n'opé-

reroient rien en leur faveur.

Que les mœurs perſonnelles de ſes Acteurs & Actrices ſoient bonnes, indiſcretes ou licentieuſes? ce n'eſt point un moyen en faveur des Miniſtres de l'Egliſe, pour donner lieu à l'exercice de l'Excommunication, parce que jamais l'Egliſe n'a formé de Loix & de Canons à cet égard, qui aient reçu ce caractere de publicité; parce que la conduite & le réglement extérieurs de ces mœurs appartiennent à la Loi de la Nation.

C'eſt pourquoi , & par toutes ces conſidérations , LE CONSEIL ſouſſigné eſt d'avis , que les Acteurs & Actrices de la Comédie Françoiſe paroiſſent bien fondés à appeller comme d'abus de tous Mandemens, ou de toutes Ordonnances d'Evêque qui tendent à les gréver de la peine de l'Excommunication relativement à leur état ; à prendre à parti tout Prêtre qui tenteroit l'exercice de ce pouvoir à leur égard, en les privant de tous, ou de quelques-uns des droits extérieurs de Fidéle; à se pourvoir contre ces mêmes Ministres en réparations civiles, même en tous dommages & intérêts. Qu'en conséquence, ces Acteurs & Actrices sont bien fondés à réquerir la bénédiction nuptiale, la sépulture ecclésiastique, & les autres Sacremens extérieurs & publics de l'Eglise, même de se présenter à l'Eglise, & y offrir en personne le Pain-béni & autres offrandes que l'usage autorise, ainsi que les autres Citoyens-Fidéles; ces droits de Fidéle, étant individuellement du nombre des droits du Citoyen.

Délibéré à Paris, ce 10 *Février* 1761.

Signé, HUERNE DE LA MOTHE, Avocat au Parlement.

FIN.

Fautes essentielles à corriger.

P Age 29 , *lig.* 21 , ac , *lis.* a.

P. 41 , *lig.* 8 , qu'elle , *effacez* qu'.

P. 55 , *lig.* 7 , c'est , *effacez* c'.

P. 62 , *lig.* 19 , tellement , *lis.* réellement.

P. 71 , *lig.* 4 , marquer , *lis.* remarquer.

P. 108 , *lig.* 14 , Académies , *effacez* l's.

P. 129 , *lig.* 2 , pour , *lis.* par.

Ibid. lig. 5 , aventures , *effacez* l's.

P. 131 , *lig.* 5 , Almaïde , *lis.* Amenaïde.

P. 137 , *lig.* 4 , & non auroit , *effacez ces trois mots.*

P. 172 , *lig.* 10 , commencens , *lis.* commen-cemens.

Imprimé en France
FROC021910060720
24425FR00009B/451